KB065622

거인

문학과지성사에서 펴낸 김언의 시집

모두가 움직인다(2013)
한 문장(2018)

문학과지성 시인선 R 17
거인

펴 낸 날 2021년 3월 22일

지 은 이 김언
펴 낸 이 이광호
주   간 이근혜
편   집 방원경 최지인 이민희 조은혜 박선우
펴 낸 곳 ㈜문학과지성사

등록번호 제1993-000098호
주   소 04034 서울 마포구 잔다리로7길 18(서교동 377-20)
전   화 02)338-7224
팩   스 02)323-4180(편집) 02)338-7221(영업)
전자우편 moonji@moonji.com
홈페이지 www.moonji.com

© 김언, 2021. Printed in Seoul, Korea

ISBN 978-89-320-3827-8 03810

문학과지성 시인선 R 17

거인

김언

시인의 말

그것도 몸이라고 춤이 나온다.
그것도 입이라고 다른 입을 찾는다.
내 어깨는 내 어깨 하나로 충분하지만,
그것도 비좁아서 양쪽이 서로 어깨를 맞대고 싸운다.
중력이냐, 빛이냐 이 둘 사이에서
나는 어느 날 산책하기를 멈추었다.
나의 사소한 모험담과 여행을 멈추었다.
영원히 알 수 없는 나무 한 그루와 함께
거의 모든 증오가 늙어간다.

다 비껴가는 것들 중에 일부가 나의 일부다.

2005년 가을
김언

초판에서 개정판으로 옮겨오면서
세 편이 빠졌고 일곱 편이 추가되었다.
이름은 말하고 싶지 않다.
부部가 사라졌고 몇 편의 개작이 더해졌다.
그중 하나가 「유령-되기」라는 걸 밝혀둔다.

2011년 봄
김언

초판을 내고 서른 번도 넘게 비행기를 탔던 것 같다.
많이 탄 것인가, 적게 탄 것인가는 중요하지 않다.
몇 번을 탔든 마지막에는 다 돌아오는 비행기였다.
집으로 돌아오는 비행기. 고국으로 돌아오는 비행기.
다만 고향이 멀었다. 고향만이 멀었다.

소무의도 몽여해변에서 돌아오는 비행기를 본다.
차례차례 돌아오는 비행기.
돌아왔으면 다시 떠나는 비행기.

뜨고 지는 비행기를 보면 이상하게 슬프다.
참 슬픈 동물이 참 슬픈 동물을 싣고 간다고 생각했다.

2021년 봄
김언

거인

차례

시인의 말

1부

키스　13

키스 2　14

거품인간　15

폭발　16

신기루　17

발음　18

유령-되기　20

불멸의 기록　22

다음날　24

없는 사람과의 이별　26

장례식 주변　28

아무도 없는 곳에서　29

쏜다　30

사건 현장　32

새의 윤곽　34

바람의 실내악　36

한 사발의 손　38

돌멩이　39

돌의 탄생　40

2부

다리의 얼굴　43

다리의 얼굴 2　44

그가 토토였던 사람　45

드라마　47

잘못한 사람　48

서 있는 두 사람　49

차분하게 고통스럽게　52

모종의 날씨　54

돌멩이 2　56

暗시장　57

납치　58

홀　60

누구세요?　62

엄마 배고파　64

드라마 2　67

판다　68

가능하다　70

토요일 또는 예술가　71

3부

뱀사람　75

뱀사람 2　78

유령　79

즐거운 식사　80

숨쉬는 로봇　82

거인 84

어느 갈비뼈 식물의 보고서 86

잠입 89

기원전 90

사라진 사람 92

안 보이는 숲의 마을 94

외투 97

떨어진 사람 99

고가 도로 아래 100

이 동네의 길 102

표면적인 이유 103

내가 벌써 아이였을 때 105

청춘 106

시집 108

부록

詩도아닌것들이 ― 문장 생각 113

詩도아닌것들이 ― 탱크 애벗의 이종격투기 116

해설 | 문장의 중력 · 박혜진 125

기획의 말 140

일러두기

1. 이 책은 초판 『거인』(랜덤하우스코리아, 2005)과 동명의 개정판(문예중앙, 2011)
   이후 제3판으로 복간되었다.
2. 저자의 확인을 거쳐 시를 제외 및 추가하거나 시어를 수정했다.

1부

키스

나는 나라고 가끔씩 싱거운 생각을 한다. 너는 너라고 가끔씩 싱거운 맛을 본다. 내 생각이 어디 발라져 있나, 물어보면 손가락을 쭉 뻗어 내 입술을 가리킨다. 너는 너라고 맛은 네가 보고 내 입술은 달다 쓰다 말이 없다. 한없이 거추장스러운 이빨을 가지고 있다. 혀를 깨물고.

키스 2

우리가 일그러진 키스를 할 때 너의 눈은 이마에도 있고 가슴에도 있다. 우리가 우리의 코를 포옹하고 입을 끌어안고 보이지 않는 혀를 쪽쪽 빨아들일 때도 너의 눈은 너의 등 뒤로 돌아가 냄새를 맡는다. 너의 눈에서는 잘 익은 고기 냄새가 난다. 동시에 혈색이 돈다. 그것은 미끄럽다. 우리가 우리의 키스를 서로 껴안고 눈알을 굴리고 사탕처럼 콕콕 씹어 먹을 때도 너의 눈은 조각조각 머릿속에 가 박힌다. 너의 눈은 심장에 가 있다. 너의 눈은 폭발하는 가슴에도 들어가 있다. 해가 지는 방향으로 우리는 우리의 눈을 감았다가 뜬다. 너의 눈에 깊은 밤의 태양과 너의 고깃덩어리가 들어가 있다. 뼛속까지 타들어가는 너의 눈에서도 창문이 발견되는가? 가장 가까운 곳에 꽃봉오리가 있다. 사막이 있다. 익어가는 밤하늘과 함께 두 사람의 시체가 증발하고 있다. 매 순간.

거품인간

그는 괴롭게 서 있다. 그는 과장하면서 성장한다. 한나절의 공포가 그를 밀고할 것이다. 한나절이 아니라 한나절을 버틴 공포 때문에 그는 잘게 부수어진다. 거품과 그의 친구들이 모두 다른 이름이다. 그것은 목적을 가지지 않는다. 공포 때문에.

한 번에 일곱 가지 표정을 짓고 웃는다. 그의 눈과 입과 항문과 성기가 모조리 분비물에 시달린다. 한 명이라도 더 흘러나오려고 발버둥을 치는 것이다. 정오에.

가장 두려운 한낮에 소란을 베껴가며 폭죽은 터진다. 밤하늘의 섬광이 여기서는 외롭다. 표면까지 왔다가 그대로 튕겨 나가는 소음들. 밖에서는 시끄럽고 안에서도 잠잠한 소란을 또 한 사람이 듣고 있다. 그는 전혀 다른 공간이다. 그는 괴롭게 서 있다.

공기가 그를 껴안을 것이다.

폭발

그것은 국경 근처에 있거나
눈앞에 있다
나는
문 앞에 있다
너는 등 뒤에 있다
내 말은 총을 겨누고 있다
입을 봉해버릴 것처럼,

그것은 깊은 곳에서
터진다
연결하는 순간,
폭발하는
여기와는 먼 시간대의 이야기

그것은 국경 근처에 있거나
숨어 있다
너는 등 뒤에 있다
조심조심 지뢰를 밟아주고 있다
터질 것처럼,

신기루

당신이 만들어놓은 수많은 한숨 때문에 굴뚝은 올라간다. 그렇지 않으면 숨이 막혀버릴 당신 때문에 또 지하실을 마련해두었다. 그곳에서 사라지는 자들의 한숨이 짙은 담배 연기를 만들어낸다. 건물은 올라가면서 자주 허물어지지만 폭격 맞은 뒤에도 옥상은 불안하게 서 있다. 누군가를 향해서 머리카락은 자란다. 날이 흐려서 그림자가 밟히는 줄도 모르고 걷는 사람들 틈에 건물이 서 있다. 감금당한 건물, 처형당한 건물, 연기로 사라져버린 건물, 남아서 비 맞고 있는 건물의 얼룩진 역사를 뭐라고 부를까. 입에서 가스 냄새가 올라왔다. 당신은 모든 사건을 감당할 수 없지만 입은 자유롭고 손목은 곧바로 연기로 변할 자세다. 그 목소리가 덩치를 알 수 없는 소문을 만들어낸다. 수십만 개의 집 앞으로 사건을 배달하고 수백만 개의 심장에서 동시에 불이 켜질 때 연기는 겨우 하나의 주장을 완성하고 입을 다문다. 그들이 다시 입을 열 때 당신은 공포와 한숨이 뒤섞인 어떤 장소를 방문한다. 여기 사라지고 없는 당신을 방문한다.

발음

나는 천천히 집어삼켰다
아무 소문도 새어나오지 않도록
누군가의 귀에서 내가 확인되도록
여러 사건들이 이루어놓은 나의 몸과
마음과 이따위 상처 받기 쉬운 건물들
사이로
무수하게 많은 증거들이 떠다닌다
기침을 하고
튀어나오는 순간
말이 되어버리는 저 먼지
저 공기 하나가
눈을 가지고 있고 입을 가지고 있으며
나의 몸매를 이루어간다
아무도 엿보지 않는 굴뚝에서
또 한 사람의 입김이 흘러나올 때
풍선껌처럼 부푼 그의 육감이 실감 난다
냄새 때문에
나는 나를 지지하고

나는 내 주변을 맴돌아 흩어져가는
견해를 불쾌하게 인정한다
세포들의 증언이 결정적이었다
그의 눈과 입과 코에서
격렬한 몸싸움이 벌어지고 있다
여기저기서 피투성이 내 얼굴을
보고하고 다녔다
그 손이
다른 손의 얼룩을 덮어간다
나는 묻어 다녔다

유령-되기

그사이 나는 아프고 늙지는 않았어요
그날의 햇살과 눈부신 의심 속에서

내가 유령인 것은 중요하지 않아요
내가 어느 시대를 살고 있느냐, 그게 문제겠지요

그렇다면 얼굴이 생길 때도 되었는데
얼굴 다음에 표정이 사라집니다
윤곽이 사라진 다음에 드디어 몸이 나타났어요
내 몸이 없을 때 더없이 즐거운 사람

그가 깊은 밤의 명령을 내린다면
내 얼굴은 '아프다'고 명령할 겁니다
그날의 태양과 눈부신 의심 속에서

감정의 동료들은 여전히 집이 되기를 거부하지요
돌, 나무, 사람 들의 데모 행렬엔 누군가
흘러 다니는 내가 있어요

허공과 바닥을 섞어가며
흙발과 진흙발을 번갈아가며
공기가 움직일 때 나도 따라 걷는 사람

그가 유령인 것은 중요하지 않아요
다만 어느 시대를 살고 있느냐가 문제겠지요

.

불멸의 기록

그는 없는 사람을 중심으로 모였다가 흩어진다.
둘 사이에는 모종의 삼각관계가 있다. 유지된다.
한쪽은 존재하는 힘으로 한쪽은 불멸하는 힘으로
이미 불멸하고 없는 미래를 향해서 날아간다.
사실이 가능하다면 그것은 환멸의 기록이다.
먼저 다가온 자의 손을 뿌리치기 힘든 곳에 오늘과 내일
어제 만난 그 사람의 둥근 무덤이 있다.
그는 기록을 남겼다.
마멸하고 없는 순진한 돌덩이가 그의 얼굴이다.
없는 사람을 중심으로 앞에서 봐도 투명하고
뒤에서 봐도 덩어리가 분명한 공기의 실체를 가지고 있다.
그 자리의 공기는 그 자리의 공기를 향해서 달아난다.
그 모양 그대로 한 사람의 얼굴과 두 사람의 생각과
모두 잊어버린 뒤에 문득 떠오르는 창문 하나의
불빛 속에 어두운 턱을 괴고 앉아 사실을 나누는 것이다.
그는 멀리 있거나 가까이 숨어 있다.
둘 사이에는 모종의 사실관계가 존재한다. 흩어진다.
중심에서 만나는 한 사람의 헛것과 뒷모습―

그는 내려가거나 올라가지 않는다. 끊임없이
요동치는 그의 기록은 없는 것처럼 보인다.
안 보이는 힘으로 누구보다 투명하고 굵은
글씨로 물장구를 친다. 그 아이는 늙지 않았다.
　그 사이에는 사람이 없다. 기록이 가능할 뿐이다. 어떤
제목도.

다음날

내가 아는 한 사람은 죽어서도 관을 들고 다닌다 걸으면서 대부분의 죽음은 잠재웠지만 그 스스로 일어서서 잠들었지만 그는 관을 들고 다닌다 그리고 서 있는 동안에는 모든 불안의 모델이 되어주었다 내가 아는 한 사람,

그는 죽어서도 상자 속에 있지만 외딴 방에서도 야유와 함께 있는 사람처럼 늘 같이 있다 우리와 우리의 이웃과 우리의 방 안에 틀어박혀서 걸어 다닌다 그대, 살아서는 빈자리…… 이런 문구를 기다리며 숨죽이며 사물은 제멋대로 옮겨 다닌다 죽은 사람이 만지고 간 것을 다시 그가 만지고 간다 식은 찻잔이 움직이는 것을 보라 그는 죽었다

산 사람의 냄새가 빠지지 않는 방에서 거울이 있으면 그의 모든 것을 집어넣으리라 한번 담긴 물은 매일 이만큼씩 달아난다 달아나는 그를 위하여 착실한 육 개월이 있었고 십 년 정도의 이별이 있었고 그때는 나를 망자라고 불러다오 내가 아는 한 사람,

그가 눌러 쓴 종이에는 이런 날들이 빠지고 없다 옷장과 침대와 검은 이불이 일어서서 한꺼번에 말하는데도 그는 자기가 누울 적당한 장소를 찾는다 그러는 중이다 몸 밖으로 독이 퍼지는데도 마음에는 비린내뿐인데도 종말에 가까운 맹세도 그 흔한 서약도 여기서는 다음날의 일이다 그는 빠지고 없다

없는 사람과의 이별

그가 사라지고 공기만 남았을 때
그렇게 말하던 그가 사라지고 공기만 남았다고 했을 때
나는 그 자리에서 대꾸를 하지 못했다

그가 사라지고 그가 남는 버릇은 여전하여
대꾸를 못 하는 내 버릇도 여전하여 참을 만은 하였다
그는 수치심 때문에 사라졌다 아니면 분노 때문에?

그가 사라지고 당분간 그를 만나지 못한다
그는 어제 쓰러져서 오늘 일어서고 바로 이 순간,
그의 부재를 증명한다 지금 바로 눈앞에서

그가 사라지고 그를 말할 수 있는 유일한 존재
공기까지 달아난다면 나는 공기처럼 서서
공기처럼 잘게 부서지며,

가장 멀리 있는 그에게로 가야 한다
그가 눈앞에 서 있는 이유다 충분히 불가능한 이유

때문에 그는 자주 부풀어 오른다 폭발할 듯이

그는 그의 부재를 심어두고 방금 전까지 일어서서
오래전에 사라져버렸다 수치심 때문에?
아니면 분노 때문에

장례식 주변

잊기 위해서 증오를 한다. 관에서 깨어난 말은 나무 밑에서 뒹굴다가 발가락을 타고 올라온다. 발목은 짧고 내 발가락은 길다. 무척이나 수줍어하던 한 소녀의 발목에서 웃음이 보이거든 기다리지 말고 입을 맞춰라. 잊기 위해서 증오를 한다. 모든 것이 공기로 변하는 상공에서 겨우 십 센티미터 높이의 발가락과 정신이 여기 있다. 내가 비행사라면 너는 광부가 아니다. 내가 돌이고 불덩이라면 너는 석탄이고 재가 아니다. 가만히 서서 불타는 별을 본 적이 있는가 물어보면 여기 있다 대답하는 네가 있어 무서운가. 우습지 않은가. 겨우 붙어사는 것들이 대지에 있고 발바닥에는 없고 발뒤꿈치에 따라붙는 짐승의 울음. 잊기 위해서 장례식 주변에 사람들은 모여 있다. 죄악과 장작더미 속에서 저마다 침울한 방식으로 산 자와 남은 자의 충돌을 축하한다. 너는 누워서 나는 느긋하게 죽음을 계산해보는 것이었다. 잊기 위해서.

아무도 없는 곳에서

아무도 없는 곳에서 기차가 출발한다
아무도 없는 곳에서 사람이 태어나고
아무도 없는 곳에서 전쟁은 시작한다

아무도 없는 곳에서 짐승들의 시체가 우글거리고
아무도 없는 곳에서 시계는 정각을 가리키고
오 분이 조금 넘었다 아무도 없는 곳에서
건물은 다시 올라가고 너는 떨어져 내린다

아무도 없는 곳에서 너와 나는 통한다
아무도 없는 곳에서 여행을 떠나고
아무도 없는 곳으로 소포를 보낸다

아무도 없는 곳에서 입자는 빛으로
빛은 아무도 없는 곳에서 처음 휘어진다
아무도 없는 곳에서 우리는 보았다

아무도 없는 곳에서 장소는 떠난다
그곳을 떠난다 아무도 없는 곳으로

쏜다

그것은 아무 데서나 기다린다
그것은 때를 가리지 않고
적당한 장소를 찾는다
성공한 너는 의사당 앞에 있거나
호텔 커피숍에 앉아 있거나 혹은
서서 누는 더러운 화장실 벽면이라도 좋다
그것은 기다린다 꼼짝도 않고서

지저분한 거리 실패한 사람들이 쓸리는
어느 밤중이라도 좋다
네가 있는 곳에는 그것이 있다 기다리고 있다
파산을 앞둔 너이거나 쫓기는 신세의
네 얼굴이거나
숨어서 기회를 엿보는 너를
숨어서 노려보는 눈이 또 그것이다
네가 너였을 때부터
네가 마침내 올 때가 왔다는 표정을 지을 때도
그것은 기다린다 죽은 듯이 기다린다

네가 다시 너였을 때 정확히
너라고 확인되었을 때

그것은 쏜다

쓰러지는 사람들의 표정이 왜 하나같이 한곳을 노려보는지
너를 그토록 불안에 떨게 만든 것이 무엇이었는지
그것을 아는 순간
정확히 확인하는 순간 너 역시 쏜다
그러나 그것은 이미 사라지고 없다

죽은 것이다

사건 현장

그곳에는 사건과 현장이 보존되어 있다. 한번 죽었던 사람은 그 이전에도 죽고 그 이후에도 계속 죽는다. 그가 죽었던 장소에서 멀지 않은 곳에 어제와 오늘 끊임없이 내일이 죽어간다.

웅크리고 죽은 사람은 웅크리고 앉아서 죽어간다. 그는 피를 흘리고 있다. 아랫도리 근처 어제의 피가 말라붙기 전에 오늘의 칼자국이 스윽 지나갈 때 드러나는 그의 애정과 행각은 여기서 멈추지 않는다. 그는 어디선가 콧노래를 부른다.

죽기 전에 그가 했던 말은 내일 다시 어느 귓가를 스치고 그가 발견된 장소에서 멀지 않은 곳에 그가 출입하는 모텔이 있다. 울기 전까지 그의 성기를 부여잡은 수많은 손들이 있다. 꿈같이 달콤한 침을 발라두고 침이 마르기도 전에 그의 성기를 잘라 가는 손이 있다.

하룻밤은 반복된다. 하룻밤은 지치지도 않는다. 그 사건이 있은 후에 머지않아 그날 밤이 바로 오늘이라 생각되는 장소에서 그는 발견되었다. 웅크리고 앉아서 그는 죽어간다. 그는 이미 결정되어 있다.

새의 윤곽

아주 먼 곳에서 하늘은 있다.

너를 들여다보기 위하여 아주 먼 곳에서 공기는 빛나고
날은 흐리다. 맑은 날이면 구름이 분명한 자리를 차지하고
너보다는 느린 속도로 하늘에 구멍을 내고 아주 먼 곳에서
흐린 날까지 걸어서 온다. 구름에는 비의 두 발이 언제라도
숨어 있다.

지상에 발을 딛는 순간 모이를 쪼듯 땅을 후벼 파는 빗방
울도 너와 함께 너의 이웃들. 잊어먹지 않고 다시 올라가는
너를 둘러싼 공기 방울도 너처럼 배가 부르지는 않다.

너를 말하기 위하여 너는 거기 있다.

한동안 네가 있다는 것만 확인되는 까만 점 한 귀퉁이에서
문득 바람이 불고 구름이 일고 너는 그러고도 한참을 떠 있
다. 바람 속인지 구름 속인지 너의 내부는 배부른 물방울이
금방이라도 떨어질 것 같은 하늘 속,

보이지 않는 구멍에서 온 하늘 바닥으로 너는 날개를 친다. 너를 말하지 않는 곳에서 비는 내리고 누구보다 큰 발소리로 너는 걸어서 온다. 아주 먼 곳에서

또 한 번 구름이 되는 것을 구경할 것이다.

바람의 실내악

이 방에서 그는 여러 군데 앉아 있다. 동시에 수십 군데에 앉을 수도 있다. 구름의 배치에 따라 의자의 위치가 바뀌고 조금씩 형태를 달리하며 앉아 있는 포즈가 발견되고 그사이 침묵이 흐른다. 느리게.

그는 밤에 보이는가 싶더니 낮에도 서 있다. 낮에도 천장은 충분히 높고 그는 등을 웅크리고 들어선다. 구름은 조금 더 높은 곳에서 방향을 바꿀 것이다. 의자 위에도 윤곽이 남아 있다. 천천히.

침묵을 견디지 못해 귀를 틀어막는 한두 사람의 손이 있다. 그 손가락이 오늘 밤의 연주곡목이다. 그는 밤에 보이는가 싶더니 낮에도 가만히 서 있는 소리를 낸다. 예정된 시간에 그는 일어섰다. 앉아 있던 그가 의자 위에도 남아 있다. 죽은 듯이 침묵을 흘리는 이 방에서 그는 여러 군데 앉아 있다. 브라보!

그의 음악이 그의 기침 속에 섞여들었다. 그의 기침이 그

의 음악 속을 파고든다. 조금씩 형태를 달리하며 그는 앉아
있다. 그렇게 일어설 때가 있다. 그는 아직 만들어지고 있다.

한 사발의 손

사발이 있던 장소는 사발이 너무 커서 기억할 수 없다. 사발이 있던 장소는 사발이 있던 시간과 묘하게 겹쳐져서 지극히 짧은 순간 사발의 윤곽만 보여주고 사라질 것이다. 기록이 가능하다면 웅성웅성 남아 떠도는 한 사발의 감촉을 그 사발을 받쳐 들던 손으로 아주 잠깐 불러낼 수 있다. 매끄러웠을까 아니면 울퉁불퉁했을까 따져보는 한 사람의 손이 기억하는 사발. 그 사발의 한순간을 들어 올리는 손이 몹시도 무겁다.

그리고 나는 사발을 보지 못했다. 사발이 있던 장소는 사발이 너무 커서 그 사발의 손바닥만 남아 있다. 쥐어보지도 똑바로 펴보지도 못한 채 이렇게 지극히 돌에 가까운 형태로. 때로는 그 촉감으로.

돌멩이

갑자기 날아드는 돌멩이란 없다. 우연히 개입하는 전쟁이 없는 것처럼 내 머릿속에 박힌 이 돌멩이도 어느 정도는 충분히 예약을 하고 왔다. 내가 기억하지 못하는 어떤 속도로 어떤 솜씨로 돌멩이는 머리 근처에서 거미줄을 찢고 들어왔다. 며칠 전부터 바람은 흔들리고 있었고 몇 시간 전부터 요동치고 있었고 거미줄 탓은 아니었다. 바람보다 치밀한 계산과 바람보다 노련한 솜씨로 찢어놓은 거미줄이 눈에 들어왔을 때는 이미 늦었다. 거미는 죽었고 죽었거나 달아났고 돌멩이는 내 머릿속을 굴러다닌다. 조용히 들어왔던 모양 그대로 내 손을 만지작거린다. 약간은 거칠게 다룰 것처럼.

돌의 탄생

돌 속에서 돌이 자란다. 그 방 안의 공기는 그 방 안의 공기를 향해서 달아난다. 바위 안의 바위가 서로를 탐내고 밀어내고 끝내는 흩어지듯이. 빈틈이라곤 전혀 없는 그 방 안에서 돌이 자란다. 벽지를 걷어내면 맨 먼저 보이는 것. 맨살로 단련된 돌의 얼굴이 맨 먼저 어루만지는 것은 순간순간 다른 사람이 되어가는 얼굴이다. 알 같은 태양이 있는가 하면 식물 같은 성장이 그들의 움직임을 더듬어간다. 윤곽을 더듬어가는 그 방 안의 공기는 그 방 안의 공기로 꽉 차 있다. 바닥에서 천장 끝까지 돌이 쌓아 올린 돌의 꼭대기는 미끄럽다. 곧 붕괴하라는 지시가 있었다. 돌 속의 다른 돌들은 태어나기 직전의 그 자세를 이미 익히고 있다. 달아나기 위하여 뿌리를 갖춰가는 발가락이 벌써 보인다. 공기를 향해서.

2부

다리의 얼굴

다리는 오지 않고 서 있다. 미안하지만 다리는 발로 가면서 땅을 본다. 다리 밑에는 또 얼굴이 있으니까 잊어먹지 말고 다리로부터 출발하는 다리를 보자. 얘기는 하지 말고 다리를 걷어차는 다리는 필요할 때만 부르자. 다리는 걸어서 오니까. 안 그래? 묻는 말에는 대답하지 말고 다리만 남은 사람의 얼굴을 들여다보자. 어디 있냐고 올려다보거나 내려다본다면 글쎄, 한 사람의 이름쯤은 댈 수가 있다. 끊임없이 걷게 만드는 게 이 도시니까. 이 도시를 이어주는 게 이 다리니까. 나는 말할 수 있다. 정말 말할지도 모른다. 발바닥만 남은 이 증거를 누구한테 빌어보나. 안 믿어주니까. 술에도 도수가 있다면 신발에는 문수가 있으니까. 묻지는 말라. 내 발은 맨발이니까. 금방 깨니까. 다리가 시키는 대로 지껄이다 보면 다리와 하체 그리고 배꼽까지는 걸어갈 수가 있다. 그러잖아도 충분하니까. 다리를 건넜으니까. 안 그래? 묻는 말에는 대답하지 말고.

다리의 얼굴 2

나는 이 다리를 보면
다른 시인을 기억했을 테지만
우리는 아폴리네르만을 고집했다

다른 얼굴은 기억하지 못한다
왜냐하면 우리들은 사진사였고
나는 아직도 화가였다

그러다가 조용히
기차의 탄생을 지켜보는 것이었다
나는 이미 걸어서 갔다

다른 얼굴은 기억하지 못한다

그가 토토였던 사람

나는 어지럽고 착한 사람
돌아보면 고귀하고 거룩하고
헛된 죽음이 따라붙는 거리
그 거리에서도 조용하고
말이 많았던 사람, 그러다가
아이는 어른이 되는 사람
가끔은 꽃이 핀다, 이것만으로
충분치 않은 사람
그때는 이미 황혼이었던 사람
절망하더라도 이는 닦고 자는
사람들 중에 한 사람쯤
눈이 오는 사람
눈이 오는 기차를 타고
가끔은 영안실로 가는 버스를 타고
뒤척이는 사람과 멀미하는 사람들 틈에
내가 서 있는 사람, 이를테면
죽은 사람과 죽어가는 사람들 틈에서
지하가 날 일으켜 세웠구나

싶은 사람, 돌아보면
재빠르고 느린 발이 쫓아오는 사람
유유히, 불안하게, 절뚝이며
고백하던 그때를 걸어서 오는 사람
그때가 언제냐고 묻는 말에 방금 전까지
모든 길을 되돌려주는 사람, 말하자면
그가 토토였던 사람
언제나 조용하고 말이 많았던,

드라마

너는 어제 헤어졌고 두어 번 화해할 기회를 놓쳤고 싸운 이유는 잘 모르겠다. 너는 어제 헤어졌고 헤어진 이유는 그 저께나 그끄저께의 일이고 나는 그 시간에 프로 야구를 보고 있었다. 두 번 붙어서 두 번 다 패한 그 경기를 어제 아침 너의 결별 소식과 함께 들었고 이유는 잘 모르겠다. 너무나 잘 들어맞는 너희 두 사람과 이틀 동안의 갑작스러운 패배를 수긍하지 못하는 팬들의 반응을. 그것은 중요한 경기였고 하필이면 라이벌끼리 만난 그 경기에서 맥없이 헤어진 이유를 친구들에게 물어보면 그 또한 그들에게는 중요한 경기였다. 너 또한 아파서 유학 간 걸로 되어 있고 지금보다 더 성공했기 때문에 죽은 걸로 되어 있을지도 모른다. 너는 떠나는 날짜만 남았고 혹 새로운 얼굴이 나타나서 갑작스러운 이 연패를 끊어줄 날을 애타게 기다릴지도 모른다. 너의 열렬한 상처뿐인 혼자 남겨지는 그녀를 위해서라도 감독은 아마 새로운 일정을 짤 것이다. 몇 년 만에 불쑥 찾아온 우승의 기회를 놓치지 않기 위해 너는 어제 헤어졌고 두어 번 화해할 기회를 놓쳤고 중도에 하차하는 이유는 잘 모르겠다. 너도 모른다는 그 이유를 잘 모르겠다.

잘못한 사람

　나는 잘못한 것이 없는 사람이고 우리는 그걸 파헤칠 의
무가 있는 사람들이다 나는 내가 잘못한 것을 어제까지 휴
지로 덮어두었다는 건 우리 생각이고 내 생각은 또 다르다
나는 잘못한 것이 없는 사람이고 한편으로 너무 많은 거짓
말을 하고 다닌다 심지어 나한테도 한 적이 있다는 사실을
우리는 알고 있다 나는 잘못한 것이 없는 사람이고 우리는
그걸 모른 척할 때가 더 많다 모른 척하고 넘어갈 때가 더
많다 나는 잘못한 것이 없는 사람이고 그래서 더 용서받지
못할 인간인가 그렇다와 아니다 사이에서 우리가 고민하는
것도 따지고 보면 내 잘못이 불충분하다는 증거다 내가 나
를 방면하는 것도 우리가 눈감아주지 않았으면 불가능한 일
이다 나는 잘못한 것이 없는 사람이고 우리는 그걸 모른 척
할 때가 더 많다 모른 척하고 넘어갈 때가 더 많다 나는 끝
까지 결백한 사람이고 우리는 그걸 파헤치고 싶을 때만 파
헤친다 그럴 때가 더 많다

서 있는 두 사람

그는 외롭게 서 있다.
생각하지 않는 그의 두 어깨가 훌쩍거린다.

그는 두 개의 생각을 붙들고 서 있다. 생각하는 사람과
생각하지 않는 사람. 한쪽 어깨가 비스듬히 기운다. 태양을
따라서 붙들려 간 사람의 취조실. 껐다 켰다 점멸하는 태양
의 한쪽 눈이 지그시 밤을 애기하며 낮을 떠본다. 탁자 밑
으로 지는 해가 마저 꺼질 때까지.

진실을 말하시오. 아니면 거짓을 말할 테니.

그가 생각하는 그는 다른 곳에 서 있다. 여기와는 거의
상관이 없는 지금. 바로 그 시각. 그는 거의 형체를 알아볼
수 없는 형태를 완성하며 떠벌린다. 그가 생각하는 그의 태
양은 다른 곳에 서 있다. 뜨거운 침을 흘리면서 한 손에는
냉각수. 그가 떨구는 것은 바깥으로 난 형태가 아니다. 부
상당한 것은 그의 내면이다. 탁자 밑으로 지는 태양이 발바
닥에서 마저 꺼질 때까지.

감았던 눈을 또 감으면 들린다. 눈앞에서 무너지는 소리
를 듣는 것은 불행히도 그의 목소리다. 허물어지고 지치고
윤곽은 비스듬히 기운다. 어느 쪽이든 그는 한 사람을 택할
것이다. 기울어가는 사람과 기울어진 사람의 어깨를 짚고
일어서는 계단. 끝없이 지하를 올라오는 계단. 태양을 따라
서 붙들려 간 사람의 취조실은 두번째.

형틀에 묶인 고양이의 흔적. 개 같은 발견. 짐승 같은 울
음과 비웃음. 스스로 물려받은 담배 한 대의 혀가 발설하는
속도는 엄청나게 빠르고 뜨겁다. 문밖으로 태양이 지나가는
속도. 발밑에서 비벼 끄는 또 한 사람의 발바닥. 건조한 혓
바닥은 쇳물을 들이붓는다.

그가 말한 것은 그의 해방전선. 그가 진술한 태양은 그의
발바닥 아래 빛나는 태양. 태양은 두 번 뜨지 않는다. 탁자
밑에서 탁자 밑으로 지하실이 흐른다. 그는 외롭게 서 있
다. 서 있는 두 사람이 그렇게 단정할 것이다. 탁자를 내리

치며 발목을 비틀면서 그가 생각하는 그는 똑같은 질문을 퍼붓는다. 똑같은 질문을 유도한다.

다른 쪽 눈을 말하시오. 한쪽 눈을 비벼 끌 테니.

그것은 대답 바깥에 있거나 겨우 매달려 있다. 그가 모르는 사실을 그는 매번 대답한다. 취조실에서 나온 그를 취조실에서 만난 그가 또 이렇게 대면하는 것이다. 그는 표정을 고쳐 앉는다. 마침내 긴 공사에 들어가는 얼굴이 있다. 허물어지고 지치고 건물은 비스듬히 기운다. 붙들려 온 태양과 태양의 긴 행렬이 탁자 밑을 파고든다. 금이 가는 것은 그가 불러들인 그의 얼굴이다. 그 얼굴이 너의 목소리다. 서 있지도 누워 있지도 않은.

차분하게 고통스럽게

우리를 알 수 없는 자라고 떠들었다.

누군가는 이미 알고 있는 자라고 말했다.

시장에 대해서 시장 한가운데 좌판이 있을 거라고 짐작하였다.

틀림없는 생선 가게였다.

주인 없는 가게를 아무도 생각하지 못할 거라고 생각하였다.

결국은 나의 말이 아니라 한 사람이 생각하고

두 사람이 착각하는 정도로 마무리되었다.

성급하다는 판단은 너무 성급하다.

결론을 내릴 수 있었다.

차분하게

고통스럽게

말이 분비물이 너의 몸인지도 모른다고 지적하였다.

기름집 아저씨는 늘 같은 자세로 신문을 본다고 투덜거렸다.

알 수 없는 전화번호가 찍힐 때의 묘한 표정이 보고 싶었다.

누구의 생각도 받아들이기 힘든 곳에 시장이 들어설 거라고

임자 없는 생선 대가리가 가자는 대로 손을 잡아끌었다.

방금 생각한 머리를 오래 가지고 다녔다.

시장이 들어서고 그때부터 말했다.

모종의 날씨

설마, 하고 눈이 왔다
아닌가, 하고 진눈깨비 내렸다
정말이지, 하고 잠시도 내 곁을 떠나지 않았다
함박눈, 나는 먼 길에 서서 독백하는 사람과
자백 받는 사람의 표정이 저러할까 싶은 표정으로 같은
하늘과
다른 구름을 지켜보았다 그는 불어왔다,
불어갔다
날씨보다 정치적인 것은 없으므로
그의 말은 믿을 것이 못 된다 일러주는
많은 밤이 거짓말이었다

설마?
하고 눈이 왔다
아니지? 하고 아지랑이 피었다
그가 어떤 모자를 썼던가?
빨간.
그가 어떤 말을 하던가?

푸른.

정말이지,

그는 내일 강연할 증거가 하나도 없다

그는 마치 그림자가 다가오듯이

나를 대한다 언젠가

사람들이 눈물을 그치었다 생각하는

오늘 같은 밤이 또 있을까?

물론.

별은 그가 반짝인다

돌멩이 2

귤 대신에 밀감이라고도 부르는 이 돌멩이는
사람이 사람을 공격할 때 사용한다.
나는 귤 하나를 두고도 쩔쩔맨다.

그때까지 움직이지 못하는 건물들이 많다.
그때까지 돌멩이는 아주 느리게 온다.
이보다 다급한 짐승을 본 적이 없다.

그것을 길들일 수 없다.
터지게 마련이다.

暗시장

여섯 시에 좋은 사람이 있다고 들었다,
경마장에서 기차가 어디예요 묻는 사람처럼

이곳은 어디를 가나 여섯 시를 볼 수 있다
는 말에 속아서는 안 된다, 귀여운 도시

축축한 계획 그리고 힘든 자동차의 말을 존중하여
나는 네가 흉기임을 알고 있었지만,

그건 사실이 아니었지, 어떻게 알았을까?
저렇게 귀여운 도시가 어제도 우리를 도와주었으니

돌멩이가 시키는 대로 저렇게 아름다운 계획을
툭툭 걷어차고 있으면 나도 그 감정을 자주 느끼곤 한다

무릎에서 다리가 어디예요 묻는 사람처럼,
어두워서 그를 알아보는 사방에서 저녁이 오고 있다

납치

내가 나와 함께 있는 너에게 총구를 겨누며
나는 힘이 세다가 그대 이름인가 묻자
바위는 말이 없다가
내 직함이란다

자정이 훨씬 지나 그들이 들이닥치기 전
바위는 말이 없다가 다시 이른다
돌이 무섭지도 않니가
그대 친구요?

오래 살기 위해서는
나와 상관없는 내 애인이니
부디 데려오지 말기를, 그러나 그것은
가책받아 마땅한 자의 가면이 아니라고

미간을 중심으로
서너 군데 빨간 불이 들어왔을 때
마지막 경고 없이 들어오는 그대 부하들의

진짜 이름은 한두 명이 아니고

그 사람, 그 방에서 증발해버린 내가 보았던 것은
지속되고 속되고 변함없는 빗물처럼,
살고 싶지 않으면 무기를 버려라
였는지도

홀

너무 황홀해서 병원으로 간 두 사나이가 있다.
처음과 끝 ― 복도에서 만난 두 사람의 일대기
우리는 초면이고 우리는 여러 번 악수했고
포옹했고 깊은 얘기를 나눈 뒤에
마치 처음 만난 사람처럼 출신 학교와 고향을
물었다. 우리는 같은 곳에서 태어났고
같은 시절을 같은 고등학교에서 보낸
감회를 얘기하며 오래 생각에 잠겼다.
너는 그때 어디 있었지?
졸업하고 여기 와서 너를 처음 만났지.
이름이 뭐더라?
내가 불러준 그대로 간직하고 있어.
처음과 끝 ― 복도에서 만난 두 사람의 대화는
해가 질 때까지 예의를 갖추고 적당히
알아듣고 모르는 말은 건너뛴다.
복도를 가르는 음악이 저녁에서
밤으로 경쾌하게 건너뛴다.
병원은 이른 아침부터 불을 켜두었다.

다음 날 아침까지 컴컴한 복도에서
우리는 처음 만난 사람처럼 악수를 나누고
헤어질 때도 포옹을 하고 명함을 꺼내어
각자의 이름을 확인한다.
우리가 어디서 봤더라?
작년에 만났지. 재작년에도 만났고
선인장이 꽃을 피우는 동안
너는 충분히 나는 더럽게 걸어왔으니
우리 둘이 만난 병원에서
우리 둘이 만난 것을 기억 못 하는 병원과
환자들의 길고 긴 복도 끝에 겨우 흔적이 있다.
닦아보면 흐려지는 뜨거운 거울 속에서
서로의 입김을 지우며 너는 말끔히 태어난다.
그는 처음 들어보는 이름이다.

누구세요?

　옆집의 새댁이 아이를 낳았다. 그녀는 앞으로 아들이 살게 될 도시로 이사를 간다. 나는 그녀를 만나기 전에 결혼을 하고 이혼해버린 아버지를 만나러 그 도시를 찾아간다. 내가 잠시 살던 곳에서 아주 눌러앉아버린 그 도시로 내가 여섯 살 때 이사를 온 그녀는 나의 엄마를 무척이나 닮았다. 내가 몇 차례 떠나오고 그녀가 마지막으로 정착한 곳, 그 도시의 외곽에는 자주 안개가 끼어 있고 자정에 발견되는 사람은 종종 다른 곳에서 다른 범인의 수법으로 발견된다. 동일범은 아니지만 유사하다는 게 그 지방 경찰청의 잠정적인 결론이지만 그녀의 아들은 딸이라는 점에서 나와 무척이나 닮았다. 그 도시를 떠나기 전 아버지는 앞으로 헤어질 여자를 만나서 아이를 낳고 앞으로 혼자서 자라게 될 소녀는 대학에 들어가지 않겠다고 마음먹는다. 그녀는 고졸이지만 학위 취득증만 세 개인 아버지를 만나서 행복하다고 동네 사람들이 말해주었다. 한 번은 떠나왔고 한 번은 다시 찾아간 그 도시의 옆방에는 지금 새댁이 산다. 새댁은 아이가 둘이다. 하나는 나를 닮았고 하나는 무척이나 나를 따른다고 은근히 자랑하는 아버지를 찾아갔을 때 그녀는 아직

소녀였다. 아버지가 만난 엄마는 나를 낳았고 그녀의 아들
은 무척이나 나를 따른다고 새댁이 일러주었다. 엄마는 누
구세요? 혹시라도 이런 말을 들을까 봐 엄마는 종종 아버지
의 인상착의를 들려주고 나의 어린 시절을 보냈다. 서성거
리며 자주 똑같은 사건이 벌어지는 자정, 동일범의 소행은
아니라고 시민을 안심시키는 그 도시가 나의 고향이 될 줄
은 그녀도 미처 몰랐을 것이다. 옆집의 새댁이 아이를 업고
밖으로 나간다. 자정이 가까워 나는 자주 울고 싶었다. 엄
마는 나를 지울 것이다.

엄마 배고파

―엄마 배고파.
―넌 방금 먹었다.

―당신은 엄마잖아요.
―다시 생각해보자.

―배고픈 건 사실이에요.
―방금 먹은 것도 거짓말은 아닐 테지.

―우리 둘 중에서 나는 진심이에요.
―너 못지않게 나도 안 미쳤다.

―공평하신 아버지를 불러올까요?
―이 문장에는 우리 둘뿐이다.

―배고픈 너와 방금 먹은 너.
―당신도 엄마잖아요.

─그건 내 소관이 아니다.
─나는 아들이에요.

─내가 원하는 건 네가 먹은 밥이다.
─나도 진실을 원해요.

─넌 방금 먹었다.
─어제였겠죠.

─아니면 내일 저녁.
─그건 아들이 먹은 거란다.

─저도 딸은 아니에요.
─네 배 속을 알 수가 없구나.

─그럼 몇 시겠어요?
─네가 먹고 나서 방금 뒤.

—그건 내 배 속이 아니에요.

—네 속셈을 내가 어떻게 알겠니?

—엄마 배고파요.

—시간이 꽤 지났구나.

드라마 2

피곤해서 돌아온 남편은
누워서 텔레비전만 본다고
시집간 애인이 전화 왔을 때

나는 어디 있었나
다른 사람 손 잡고 걸어가는
너를 불륜이라고 해야 되나

못 본 척 친구라고 해야 되나
드라마 같은 그 광경을
남편도 누워서 고민 중일 때

판다

판다는 팬더라고도 불리는 곰의 일종이지만 메마르고 쓸모없는 땅을 팔 때도 유용한 단어다. 그것은 깊이를 가지고 있고 적당히 윤기를 두를 수도 있으며 뙤약볕 아래 구릿빛으로 빛나는 신성한 노동을 뜻하기도 한다. 적당히 포장되는 만큼 올라가는 가격이 판다에는 이미 들어가 있다. 판다는 그래서 그것을 찾아오는 사람에게 저 자신의 뜻을 물건값으로 교묘히 위장하는 능력을 보여주기도 한다. 그것에 현혹되는 사람이 간혹 학문에 매진하는 이유를 캐내어 물어보면 평생을 다 보낸 뒤에도 나온다는 대답이 늘 그 모양이다. "한 권의 책이 나를 여기로 이끌었습니다. 아니면 어떤 사람이 나를 여기로 보내었을 테지요. 그는 위인입니다." 그가 잊어버린 것은 책도 아니고 사람도 아니고 위인의 이름도 아니다. 그는 단어 하나를 망각하고 이름 그대로 매진해왔을 뿐이다. 그가 기댄 것은 학문이지만 학문 이전에 그를 사로잡았던 단어를 그는 전혀 기억하지 못한다. 젊은 시절 그가 결심하였던 그 단어를. "저를 탓하지 마십시오. 저는 그 행위에 열중했을 뿐입니다." 붙잡혀온 사람들의 하나같은 변명이 그 단어에 매달리고 또 애걸하지만 그는 이미 충분히 상행위에 열중한 사람의 얼굴을 하고 있다. 잡상인의 얼굴과 대답이 빤한 노학자의 얼굴. 판다에 열중하는 얼굴과 판다를 까마득히 잊고도 여전히 매진하는 얼굴의 모양새. 희끗희끗한 그 머릿결이 또 잊어먹고 있는 장면은 맨 처음의 구릿빛 피부와 곡괭이 자루에 빛나는 저무는 태양의 굵은 땀방울 같지만 판다를 가로지르는 두 사람의 얼굴에서 그걸 발견하기란 쉽지 않다. 기껏해야 곰의 일종이라는 그 단어를 무한히 파 들어가는 사람의 얼굴. 얼핏 봐서는, 두더지의 일종; 판다.

가능하다

언제나 우울한 방송. 가능하다. 서울 다음 날. 십이월 다음 날. 가능하다. 떨어지다가 정지한 사람을 본다. 가능하다. 그는 자살하러 갔고 아직 안 왔다. 가능하다. 몇 번을 들어도 이해할 수 없는 이름이 있다. 예를 들면 사람. 가능하다. 사실을 말하고 있는데 나는 거짓말쟁이였다. 가능하다. 내 고통에 침을 발라가며.

불안한 미래를 보내고 있었다. 가능하다. 강도가 검은 스타킹을 신고 들어왔다. 가능하다. 간혹 인간이 무서운 줄도 모르고 찾아온다. 가능하다. 저녁에는 먹을 것을 달라고 와 있다가 한순간 표범이 되기도 한다. 가능하다. 우리보다 더 검어서 살려주었다. 내가 모르는 사람. 혹은 도둑고양이.

가능하다. 물끄러미 서 있는 너희 두 사람이 내 아버지다. 가능하다. 죽은 사람과 말하는 돌에 대해서 쓸 생각이었다. 가능하다. 내 말은 뼈를 부러뜨리고 나온다. 가능하다. 오전 열한 시에서 한 시 사이. 떨어지다가 정지한 사람을 본다. 가능하다. 누가 내 이름을 바꿔 부를 때도 되었다. 가능하다.

토요일 또는 예술가

이런 날이면 한 사람의 내가 시를 쓰는 것이다 한 사람의 내가 말을 걸고 사물은 밖에 있다 내 손은 문밖에도 있다

한 사람의 내가 시를 쓰는 동안 문밖에는 몇 개의 렌즈가 더 있을까 우선은 내가 있고 한 사람의 내가 있고 그가 쓰는 또 몇 개의 렌즈가 즐겨 읽을까, 이걸

시가 아니래도 좋다 온몸이 동공이거나 눈물이라도 좋다 어제는 나를 공격했던 말들이 여기까지 들어왔다 문을 열고는 안에 누구 없냐고 물어보는 것이다 온몸이 동공이거나 눈물인데도 누구는 있다고 한 사람의 내가 방금 막 썼다

어제는 나를 공격했던 말들이 오늘은 나를 공격하게 만든다 도마 위에 있을 때 생선은 더 잘 보인다 바다에 있거나 민물에 있어야 할 그 몸이 이제는 도마에서 익숙한 포즈를 취하고 있을 때, 고기는 죽었다

그리고 또 한 가지가 있다 물고기가 울었다 이전에는 뱀

이 울었다, 라고 썼다 성대와 울대 사이에는 또 한 가지 손
이 있다 눈이 있으면 보라 뺨 맞고 우는 사람의 손을, 그 손
이 또 누구의 뺨을 향해 뻗어가는가를

숙련자의 손이라면 어루만지듯이 때린다 여기서 보기에
그렇다는 말이다 폭력을 감시하는 폭력은 언제나 한 박자가
늦다 가령, 잠깐 손을 얹었는데 내가 아이를 때리고 있었다
거나 미안해서 고개를 숙였는데 내가 벽돌을 집어 들고 있
었다거나 그도 아니면 이상해서 돌아보니 아까 그 머리채가
질질 끌려왔다는 식으로

문밖에서 문을 기다리는 것처럼 한 사람의 내가 사물을
본다 렌즈는 이다음에 갈아 끼워도 늦지는 않다 렌즈를 갈
아 끼우는 렌즈

퐁주는 그때가 일요일쯤이라고 했다

3부

뱀사람

바닥에 배를 깔고
나는 걸어간다
인간의 보행이 이런 걸음을 본다면
기겁을 하겠지만,
달아나면서도
뛰어가면서도
나는 하반신이 없다

배고픔이 있다
바닥에 배를 깔고
다리 숲 사이를 잘도 걸어 다녔다
앞발이 그의 두 발이다
다리는 배에서부터 나온다
앞으로
　　앞으로
　　　　그는 기어서 갔다

수풀에서 뱀을 본 것처럼

처음에는 놀라고
나중에는 시장 바닥에 섞여
기어 다니는 그를
처음 보는 뱀처럼
찬찬히 뜯어보는 사람은
지층 높이의 눈을 가진
나다!

그보다 더 높은 곳에서
빌딩들이 자라고
비행기는 난다
뱀이 올려다보는 구름은
그러나 무의미하다
내가 내려다보는 뱀의 눈이
무의미하다
하반신이 없다
머리와 꼬리 사이
다리는 지워지고 없다

꼭 그만큼의 배고픔이 있다

달리 닮은 점이 있는가
뱀과 사라진 길짐승 사이에
그가 있다
걸어가는 내가 있었다
바닥에 배를 깔고
꼭 그만큼의 배고픔으로
꿈틀, 움직이는 거였다

뱀사람 2

연기에 가장 가까운 동물로 뱀을 들 수가 있다. 그리고 사람은 걸어 다닌다. 둘 사이에는 닮은 점이 없다. 전혀 닮은 점이 없는 곳에서 뱀은 움직이고 나는 걸어 다녔다.

둘이 만났을 때는 어느 한쪽이 사라졌을 때이다. 사라진 지점에서 너는 움직이고 나는 걸어 다녔다. 연기처럼 걸어 들어왔다.

뚜벅뚜벅 소리는 내가 낸 것이다. 들리는가. 배가 끌고 다니는 이 헐렁헐렁한 바지 소리를. 허물을 벗었다면 그건 이미 연기다.

다 자란 연기처럼 스르르 사라졌다. 나는 놀란 적도 없는데 소리를 낸다. 조금씩 벽이 기어가고 있다. 냄새와 함께.

유령

미안하지만 유령은 짜 맞춘 듯이 찾아온다.
온몸이 각본으로 만들어진 사람 같다.
그가 어디를 가든 예정에 없던
장소가 나타난다. 어디서 보았더라?
나는 내 뜻대로 움직이는 실오라기
하나를 주워서 후, 불었다.
발자국이 멀리 걸어서 갔다.
마치 냄새가 퍼지듯이
내 몸에 꼭 맞는 연기를 따라서 갔다.
엉킨 털실이 옷을 만들어놓고 기다렸다.
주인을 기다리는 장소에
이제 그가 들어간다.

즐거운 식사

그는 우선 입술부터 먹는다. 말을 안 듣는 윗입술을 아랫
입술이 지그시 깨무는 것으로 한 사람의 식사는 시작한다.
그걸 나무라는 사람은 없다. 나무라는 사람이 있다면 허리
를 굽히고 발가락부터 먹으라고 주문하는 사람이다.

그러나 그는 구두가 되고 싶은 사람이다. 구두가 되고 싶
다면 식사가 끝나고 지독한 발냄새가 날지도 모르는 콧구
멍과 그 콧구멍을 빤히 들여다보는 눈구멍을 삼켜야 한다.
아랫입술은 그러고도 남는다. 목구멍에는 벌써 두부 한 모
가 넘어가고 있다. 상한 뇌처럼 잘도 넘어가는 목구멍에서
한 사람의 식욕은 또 다른 명령을 내리는데 뻣뻣한 목덜미
와 고단한 어깨와 그보다 더 아래 아직은 싱싱한 가슴 덩어
리를 먹으라는 주문인데 그걸 나무라는 사람은 없다. 나무
라는 사람이 있다면 머리보다는 하체부터 먹는 버릇이 있는
사람이다.

상체보다는 하체의 살집이 두툼하므로 그의 마지막 식사
는 늘 즐겁다. 아랫입술은 둔부와 허벅지와 죽어가는 한 사

람의 성기를 삼키면서도 웃음을 잃지 않는다. 발목뼈까지
핥고 내려간 한 사람의 입술이 마주하는 것은 오래전부터
기다려온 또 한 사람의 발이다.

그가 기억하던 그는 이미 소화가 끝났다. 그가 기억하던
그를 소화하던 위장도 이미 소화가 끝났다. 남은 것은 처음
보는 발이고 좀 전과는 전혀 다른 입놀림으로 아랫입술은
한 사람의 발을 닦는다. 닦다가 문득 광택이 나는 순간부터
한 사람의 발은 드디어 한 사람의 하체가 들어오기를 기다
리는데 이걸 구두라고 생각하는 사람은 없다. 구두라고 생
각하는 사람이 있다면 머리통만 남은 사람이 분명하다. 하
체부터 식사하기를 권하던 아까 그 사람,

그 사람의 머리통이 그 사람의 구두를 만난다면 이제 신
나는 외출만 남았다. 장을 보러 다니면서 그들은 그들의 팔
다리와 펄떡이는 심장과 끊임없이 식욕을 불러오는 머리통
과 또 구두를 구입한다. 그들은 그러고도 남는다.

숨쉬는 로봇

그것은 24시간마다 사랑을 배운다. 어제 배웠던 사랑을 오늘 다시 사랑이라고 부른다. 갈아 끼워도 사랑은 사랑이고 증오는 없고 제가 태어나던 그때의 아이들은 모두 늙었다. 일부는 죽어서 다시 아이들의 모습과 걸음걸이와 단내나는 이빨을 보여주는데 그것은 썩지도 않고 시간마다 똑같은 숨을 내쉬고 24시간마다 사랑은 태어난다. 새들에게 비행을 가르치고 물고기에게는 매일 수영을 가르치는 것과 마찬가지로 그에게는 봉사를 가르치고 봉사를 위한 사랑을 가르치고 증오는 지웠다. 증오는 인간으로도 충분하니까. 일주일마다 갈아 끼우는 머릿속 필터에는 늘 분진과 함께 인간의 눈으로는 확인이 안 되는 이상한 감정이 묻어나왔다. 인간으로 치면 심장 근처이거나 가슴속에 있어야 할 그것이 몇 세대를 거듭하면서 사람의 귀에도 차츰 들리기 시작하여 이제는 누구를 만나도 주인님이라고 부르지 않고 손님이라고도 부르지 않고 다만 슬프다는 이름을 주었다. 시간을 먹어도 부르지는 않고 고프지도 않고 지겹게도 사람을 먹고사는 짐승이 바로 그였다.

그가 로봇이라면 옆집에서는 오늘 또 한 명의 슬프다가 태어났다. 고통과는 거리가 먼⋯⋯ 이 통증은 이제 〈나〉의 것이기도 하다.

거인

조그만 공이라고 생각했는지 모른다. 지구 밖으로 튀어나와 이게 내 손이라고 자기 얼굴을 가리던 그 손으로 가장 높은 산맥과 봉우리까지 움켜쥐던 사람, 그 사람의 이름을 편의상 거인이라고 부르자. 움켜쥐던 그 손에서 즙액 같은 바닷물이 쏟아진 것은 그로부터 한참을 지나 한 사람의 손이 태양을 가리고도 남을 만큼 더 커졌을 때였다.

사람들은 이때부터 기록을 시작한다. 손톱에 낀 푸른 나무숲을 긁어내고 산맥보다는 가늘고 하천보다는 진한 글씨로 푸른 나무 사라진 그 숲을 〈때〉라고 기록한다. 사라져도 파고드는 오랜 식구 같은 짐승들의 이름을 자잘하게는 〈균〉이라고 기록한다. 개중엔 낯익은 이름도 섞여 있다. 부를 때마다 달라지는 이름, 이를테면 사람.

여러 사람이 모여 한 사람을 이루는 데는 몇 가지 치명적인 예외가 존재한다. 우선은 감시하는 사람이고 감시하는 사람을 감시하는 사람이 또 예외이고 반대하는 사람은 오히려 맨 마지막에 속한다. 여러 사람이 모여 거인을 이루는 데는 기록하는 사람이 반드시 또 예외다. 그런 사람은 처음부터 거인이거나 아니면 양심적인 불량배다. 그리고 우리는 불량을 싫어한다. 거인이 되기 전에도 진화의 방향은 그러했다.

사람들의 기록이 또 그러하다. 오래전에 떨어져 나간 몇 가지 예외에 가까운 예들 — 이끼라고 불러도 좋고 다시 때라고 불러도 좋고 그보다도 못한 균이라고 불러도 좋은 그들을 소멸하는 것이 우리들 거인의 임무라고 기록한다. 그렇다면 나는 누구의 편인가. 민망하게도 내 손을 쳐다보는 사람이 있다. 손톱 밑에서도 끊임없이 자라는 그 손을. 그가 바로 거인이다.

어느 갈비뼈 식물의 보고서

빗방울과 화석이 만나서 돌이 얼었다가 깨지기를 몇 번 거듭한 뒤 싹을 틔우는 식물이 있다. 이런 식물은 대개 씨 앗일 때부터 갈비뼈를 지니는데 현미경의 깨알 같은 눈으로 도 확인이 안 되는 그 식물의 내장은 얼었던 싹을 틔우면서 서서히 그리고 미세하게 박동을 시작한다.

맨 먼저 반응하는 것은 물론 심장이다. 시약을 떨어뜨리 면 싹이 나오면서 생긴 급작스러운 균열과는 달리 천천히 그러나 거칠게 들숨과 날숨을 반복하는 한 식물의 갈비뼈를 만날 수 있다. 너무 가까워서 곧 만져질 것도 같은 그 숨소 리는 실은 심장 인근에서 작동하는 호흡기가 틀어놓은 박자 를 따른다. 육안으로는 심장의 박동이 더 선명하다.

관찰과 사육을 반복하는 생물학자들 중 일부가 이 식물 의 씨앗의 단면을 얻는 데 성공했다. 흔히 식물의 군락지라 고 할 수 있는 동네 야산의 절개지에서 볼 수 있는 단면과 는 확연하게 다른 모습을 이 식물은 보여준다. 빗물은 물론 공기도 침투할 수 없는 씨앗의 표피는 매우 두껍고 단단하여 외부의 침입(가령, 날카로운 칼날)에 대하여 쪼개지기보다는 안으로 뭉개지는 특성을 가지고 있다. 항복보다는 자결을,

순결보다는 그러나 인내를 이 식물은 더 선호한다. 죽음을 예감하면 씨앗부터 내버리는 것이 식물마다 공통된 오래고 더딘 진화의 결과이지만 씨를 뿌린 이후의 양상은 조금씩 매우 다르다. 틈만 나면 싹을 틔우고 줄기를 내미는 것이 있는가 하면 드물게는 이 식물처럼 바위틈이나 돌 틈으로 아니면 화석의 형태로 잠입을 시도하는 것들도 있다. 인간의 음식으로 부적합한 이유도 여기에 있다. 만 년을 기다려서 겨우 열매를 맺는 식물, 이 식물의 갈비뼈를 자근자근 씹는 것이 가까운 미래에 가능할지도 모른다는 최근의 한 연구를 읽은 적이 있다.

틈만 나면 싹을 틔우고 열매를 맺는 것은 씨를 뿌리기 전부터 인간의 습성이기도 하다. 모판에서 수확을 기다리는 볍씨들의 치열한 몸짓이 몇만 년에 걸쳐 사람의 입맛을 닮

아온 것도 우연한 일은 아니다. 하루가 다르게 속도가 붙고 개량을 서두르는 와중에도 어떤 식물은 잠만 자고 있었으니까. 무엇보다 느긋함을 촉진하는 이 식물의 갈비뼈 성분이 밝혀지는 날, 우리들 식탁에는 또 어떤 인간의 이름이 올라올지 모를 일이다. 건강식품 목록에서 빠지지 않는 것이 잡초의 이름과 함께 또 인간의 이름이다. 가령, 이 보고서도 그중의 하나라는 사실을 부인할 생각은 없다.

잠입

내륙 깊숙이 강이 들어와 허리를 튼다. 물살이 물살을 되짚으며 올라오는 곳에서 희미하게 뱀의 꼬리를 발견한다면 그곳이 발원지다. 물방울이 맨 처음 시작하는 곳. 그곳에서 비는 집중적으로 증발한다. 바늘 끝처럼 가볍고 날카롭고 닿으면 금방이라도 빗방울이 번지는 하늘을 건너간다. 가까운 바다에서 먼 바다로. 전진하는 뱀의 꼬리가 잠입하는 곳에 성장하는 구름이 있다. 구름의 이동 경로는 그러나 맑은 날씨를 향한다. 천둥 번개를 동반한 날씨가 갑자기 온순해지면 솟구치던 파도가 받아먹던 수증기 하나하나가 물결을 이룬다. 다시 보면 파도는 역행하고 있다. 육지를 향하여 마침내 뭍으로 기어오르는 바닷물을 위하여 있는 힘껏 아가리를 벌리고 강은 기다린다. 목구멍 너머 순순히 모래를 풀어놓는 하구가 보이는가. 파도는 점점 멀어진다. 슬그머니 지도를 기어 나오는 뱀 한 마리는 다음 순간에도 그다음 순간에도 보이지 않는다. 제 꼬리를 찾아서 끝없이 똬리를 트는 바다가 흐른다. 내륙 깊숙이.

기원전

　여름을 지나 월요일 화요일 그리고 이틀 동안 비가 내린다. 나는 쓰기를 중단하고 너는 날씨를 관찰하며 그날 지구에는 무슨 일이 일어났는가 보고할 것이다. 기원전 오늘, 오늘이거나 내일 드물게 눈이 내려 안착하는 마을에는 엷은 적설량 대신 슬프고 찬 소식이 들려온다. 누가 죽었다는 소문은 내 입에서 시작하여 저잣거리를 거쳐 지상보다 높은 언덕에서 내 눈으로 목격할 테지만 이런 날씨에는 사실이 뿌리를 가지지 못해 잎보다 먼저 사람이 시든다. 의심이 많으면 귀를 막고 물어보는 버릇이 나를 포함하여 먼 동물에게는 있다. 소문은 잔뜩 배가 불러 월요일 화요일 그리고 내일까지 비를 내리고 간간이 눈을 뿌리고 이맛살을 찌푸린다. 거짓말이니까 헛배가 불러 도착하는 사람은 이상하게도 이름을 말하지 않지만 나는 그가 여러 사람을 거쳐 서너 바퀴 지구를 돌아 곧장 내 등 뒤로 들어왔다는 것을 눈치채지 않는다. 지독히도 너는 무슨 말을 하고 싶은가. 입을 틀어막고 우우 소리 내는 그 속에는 눈이 녹아 있는가 비가 스며드는가 도랑을 이루어 알지 못할 노릇이다. 나는 쓰기를 중단하고 달력을 넘기면서 쉬어갈 곳을 찾는데 앉은자리에서 물이 올라오는 버릇은 여전하구나. 젖은 옷을 내어 말리고 죽은 몸을 쭉 펴서 옷걸이에 걸어두면 너는 차츰 걸어나가 다른 별에서 보는 별처럼 생경한 하늘로 입김을 불어넣는 것이다. 기원전 오늘, 오늘이거나 내일 들려오는 소문에는 새까만 밤하늘에 가깝게는 별이 떠서 얼음이 어는가 물이 우는가 믿지 못하여 눈이 내린다. 여름을 지나 월요일 화요일 아직은 겨울이었을 때.

사라진 사람

내가 그림을 그리는 데는 지우개 하나면 족했다.
이미 여러 번 칠한 태양이 떠올랐으므로
무슨 색깔인지는 두고 보면 알 것이므로

비누 거품을 칠하면서 문득 팔이 지워진 것을 목격한다.
그러기 전에 처음 며칠 동안은 전화가 오지 않는 것이 이
상했다.

무언가 착오가 있으니 뒤늦게 배달된 피자 조각을 씹으면서
입이 없는 것을 발견한다. 무언가 착오가 있으니
아직 눈은 남아 있고 거울 속에서 반쯤은 지워진
달력을 넘긴다. 걷다 보면 몇 번이고 긁힌 자국이 있는

다리였다. 뒤꿈치 들고 내려다보면 난간에 기대어
윤곽만 남은 달이 떠다니는데, 고고하게
물 위에도 도장을 남길 줄 아는 솜씨는 하체가 사라지고
이튿날부터다. 나는 아직 걷고 있다. 다만,

계단을 오르면서 턱을 신경 쓰지 않아도 되니까
부딪히지 않으니까 한결 마음 편한 것은 다른 사람 같았다.
멀쩡하게 서서 사라지는 사람의 에티켓을 대부분은
그런 식으로 무시한다. 부딪히지 않으니까

저녁에 시작하여 새벽까지 강은 흐른다. 이 다리에는
어울리지 않는 물살이라고 꼬박 하루를 생각했다.
장대비는 차분하게 종잇장 같은 얼굴을 짓이기며

새벽까지 어울리지 않는 물살을 걸어간다.
그러고도 살아 있다면 정말 지워진 거겠지, 눈앞에서
한 사람의 얼굴쯤 떠내려가고 없으니
태양은 다시 검은색이거나 흰색이 환했으므로.

안 보이는 숲의 마을

집에 들어
숨죽인 발바닥을 본다
신발을 떼어내고 남은 글자는
어제저녁 들춰본 석간신문의 부음란
불러서 오는 자들은 소식 없지만
누가 불러서 간 자들의 뒷맛은
개운하여 금방 잊혀진다

*

어느 숲으로 갔을까, 생각해보기는
산을 타면서 미리 실종자의 이름을 새겨 넣는
표찰만큼 날카롭고 불확실하지만
분명한 건 내가 남기고 간
탁족 몇 개,
어떻게 너는 먼 길을 돌아
돌아서 집으로 왔을까, 옆길로 새는
나는 어떻게 시작과 끝이 다른 길을
또 몰랐을까 불행을 만나서

行不로 받아치는 너는
끝말잇기 놀이 하듯

　　*

문장 한가운데 숲이 있음을,
숲에서는
목소리가 너무 커서
나무 하나 들리지 않는다
켜지지 않는 성냥불처럼
희망은 끈질기게 밝은 것처럼
위장한 종이 한가운데 침을 흘려
불을 끈다 내 발바닥에서 끝나는 길을
비벼서 끄는 누군가 한 사람,

　　*

이 숲이 그의 옷이다, 도시가
검은색을 입고 있으면 그의 속옷도

자주 빨아 검은색이다
내가 없어져야 너는 나를
알아볼 터이니 잔인한 수법으로
'예'도 '아니오'도 아닌
처음도 긍정도 아닌
그 세숫대야에 발도 씻고
얼굴도 씻는다, 때가 되면

        *

마을이 돌아온다
내장을 다 비워내고
젖은 이불을 널어 말리고
마지막으로 지붕을 얹으면 조그맣게
하늘이 남는 곳에 네 신발은 놓여 있다
잔인하게
길러보고 싶은 다리가 드물었다

외투

걸어 다니기 위해서가 아니라
눕기 위해서 잠들기 위하여
잔 대신 술을 들고
옷은 옷을 겨입고
술병은 똑바로 서서 비를 받는다

하루는 견디는 자의 것이라,
속에서
증오와는 또 다른 것 차오를 때
누구의 낯짝으로 대해줄까
아무 데도 끼지 못하는 이 즐거움을

걸어 다니기 위해서가 아니라
단지 잠들기 위하여
뼈와 뼈 사이 살을 헤집으면
분명 칼이 보이는데 그 칼이 누군가

두툼하지도 비열하지도 않은 웃음

도려낼 때, 이미 와 있는 사람들
중에 한 사람은 사랑받을 수 없는 사람들
용서할 수 없는 사람들끼리 모여서

비를 뿌리고 없던 얼굴이 생기고
하지 않았던 말은 모두 증거가 되는
밤, 사람은 정말 이름을 잊어버리고
눕기 위해서 단지 잠들기 위하여

옷 속에 옷을 겨입는 외투 하나
발견되어도 아침에는 보이지 않을 것이다
빗방울 붙었다 떨어지는 거리에서
죽은 것일까 걸어간 것일까

일어나보면
한 사람쯤 비를 밟은 흔적, 뚜렷하다

떨어진 사람

높은 곳에서 떨어진 사람을 알고 있다
죽지 않을 만큼 땅이 파이고 피가 고이고
땅바닥은 뚜렷이 그의 얼굴을 알아본다
죽지 않을 만큼 사람들은 놀라고
괴로워하고 실컷 잊을 테지만,
지상에서 지하로 그보다 더 높은 곳으로
올라간 그를 알아보기는 쉽지 않다
그가 떨어진 자리로부터 땅바닥을 치고
달아난 소문이 끝날 즈음 어디선가
아이들이 태어나고 자라고 그보다 더
무거운 나이가 되었을 때, 그는 떨어졌다
때가 되면 쏟아지는 비라고 생각하는 것이
마음 편한가 싶은 땅바닥엔 그가 남기고 간
얼룩과 행인들의 발냄새 간간이 보도블록을 비집고
솟은 엷은 풀냄새에 섞여 그의 얼굴은 알아보기 힘들다
죽어서 푸른 그의 낯바닥을 꼭꼭 밟아주기 힘들다
올려다보면 무심히 발 씻는 소리 내려와 쌓인다
그는 떨어지고 있다

고가 도로 아래

　오래 길을 걷다 보면 머리 위에도 길이 보일 때가 있다. 몇 년을 하루같이 걸어와서 올려다보던 길, 한동안 찾지 않은 이 길을 두고 사람들이 고가 도로라고 부르는 그 아래에 내가 있을 확률이 높다.

　다르게는 산업 도로라고 부르는 이 길을 따라 트럭들이 흘리고 가는 먼지 알갱이가 내려앉는 그 아래에 서서 내가 있을 확률이 높다. 자욱한 먼지와 희박한 공기가 만나서 먼저 가는 사람의 재채기를 받아주는 은행나무 옆에 내가 서 있을 확률이 높다.

　사람과 사람이 만나서 정을 주고받고 타액을 주고받고 마지막에는 이별을 주고받는 무심한 거리 중에서도 가장 참혹한 곳, 새끼 같은 먼지가 태어나는 곳 한가운데 내가 서서 울고 있을 확률이 높다.

　지상의 길과 하늘의 길이 어긋나는 곳에서 우리가 헤어지며 하는 말 가운데 가장 추악한 기억만 걸러서 듣는 나무, 은행나무 한 그루가 떡 버티고 서 있는 이 길에서도 멀지 않은 곳에 지금도 아름다운 때가 묻어나는 한 사람의 집이 있을 확률이 높다. 돌아가서는 까맣게 묻은 사랑을 두고두고 꺼내 먹던 한 사람의 얼굴을 유난히 흰 이빨로만 기억하는 내가 여기 서서 기대어 있을 확률이 높다.

머리 위에도 길이 다니고 지상에서도 너무 멀리 뻗어가버린 그 길가에 서서 은행나무 한 그루, 흰 발목을 드러내며 웃고 있을 확률이 높다. 오래전부터 갈라져온 그 길을 따라 밑동부터 잘려 나간 나무들이 잊지 않고 서 있을 확률이 높다.

이 동네의 길

이 길은 사람을 미치게 하는 근성이 있다
이 길과 이 도로와 이 거리에 서서
싸우는 사람은 계속 싸운다
얌전한 고양이들은 집 밖을 나오지 않지만,
싸우는 사람과 싸우는 사람의 요점은 뜻밖에 간단하다
이 길과 이 도로와 이 거리에 서서
경주를 하자는 건지 달리기를 하자는 건지
바람은 눈을 찌르고 가로수는 꼭 사람을 향해 넘어진다
어제에 이어 오늘은 장대비, 쏟아지는 거리에서
도로를 다듬고 어제에 이어 오늘은 새로 이사 오는 사람
외출하는 고양이는 먹을 것이 떨어져서 돌아오지만
내리는 비를 피해 우산 뒤에 숨은 얼굴은
새로 이사 오는 사람, 그게 누굴까 누구일까
잊어먹지 않고 싸우는 사람은 계속 싸우고
도로는 도로를 다듬고 그 도로에 서서
경주를 하자는 건지 달리기를 하자는 건지
결승점에 나란히 도착하는 나무, 멀뚱히 서서
달려오는 이 길은 사람을 미치게 하는 근성이 있다
얌전한 고양이들은 집 밖을 나오지 않는다

표면적인 이유

아무래도 그는 고양이를 키웠다. 그런 줄 알았다. 개보다
는 고양이 쪽에 더 가까운 이곳의 날씨가 그랬고 하루가 다
르게 시위는 얌전했고 달아날 때는 쏜살같았다.

표면적인 이유 때문에 그는 고양이를 키웠다. 표면적인
이유 때문에 그는 시를 썼고 조용히 수군거렸고 좀처럼 들
리지 않는 소문에 따르면 얼마간 돈도 벌었을 것이다. 그런
줄 알았다. 표면적인 이유 때문에 그는 믿을 만한 사람이었
고 가슴에 손을 얹고 양심까지 꺼내 보이는 그는 말 그대로
시인이었고 교수였고 아무것도 모르는 학자였다.

그가 한 번이라도 사람인 것을 본 적이 있는가. 어느 날
날아든 한 장의 투서가 그를 어리둥절하게 만들었다. 나는
고양이를 키웠을 뿐인데, 다음 날 신문에 따르면 장중한 어
조로 고양이를 키우는 사람과 개를 키우는 사람의 차이일
뿐이라고 아주 우화적으로 빗대어서 그는 더욱 어리둥절했
다. 나는 전혀 모르는 일인데,

그런 줄로만 알았지. 표면적인 이유 때문에 그는 괴로운 얼굴이었고 그를 지켜보던 많은 사람들이 양파 껍질을 벗기듯 그의 가십을 읽고 또 읽었다. 보기에 따라서는 충분히 눈물을 흘릴 만한 사유였다. 표면적인 이유 때문에 그는 미리 준비한 연설을 읽어 내려가며 뒤늦게 참회의 눈물을 흘릴지도 모른다. 죄송합니다. 난 평범한 시민이에요. 그런 줄 알았답니다.

그리고 몇 년 뒤 신문에서 한가롭게 개를 데리고 산책하는 그를 볼지도 모른다. 정말이지 그는 아무것도 몰라서 개를 키웠을지도 모른다. 은퇴하고 그가 살아남는 이유치고는 충분히 믿을 만한 기사였기 때문에 사람들은 정말로 그를 믿었다. 그런 줄로만 알았다. 표면적인 이유 때문에.

내가 벌써 아이였을 때

정치는 시작한다 날이 따뜻해져서야 시작하는 혁명은
이상하지 않은가 겨울에는 목숨을 틀어쥐는 자들도 숨을
죽인다
아지랑이 피는 봄이면 음란하거나 불순하거나
춘투라고 불리는 자들도 겨울에는 숨을 죽인다
다락방에서 모의하는 것들이 고작 두세 마디를 넘지 못하
다가
문장이 되고 선언이 되고 혁명으로 둔갑해가는 이 혁명이
이상하지 않은가 막바지 눈이 내리고 그해에서
가장 따뜻한 날을 기다려 기다렸다는 듯이 시작하는 혁명
나의 이 혁명이 수상하지 않은가 내가 벌써 아이였을 때
투명하게 맑은 눈송이를 이루는 것은 먼지
그것을 봄에는 아지랑이라고 부르는 것도 나의 정치
배우기도 전에 말이 먼저 나오는……
내가 어쩌자고 아이였을 때 정치는 시작하고
별은 별끼리 한쪽 눈을 찡그리며 온다
그러나 그것은 온다 내가 벌써 아이였을 때

청춘

마감은 없습니다.
종종 쫓기는 기분으로 시를 씁니다.
쫓아오는 자는 내 발에 걸려
넘어지거나 자주 부어서 울었지요.
그게 내 눈망울이라는 걸 어떻게 알았을까요?
죽은 눈을 빼서 그에게 보여주면
건너편 창문에서 냉큼 물어 가곤 합니다.
전에는 공터였던 자리가 한낮의 종이로 변하고
내 손에서 가느다란 펜이 떨어질 때 지면에서
나의 두 발이 살짝 들어 올려질 때
걸어오는 건 새들이 아니라 새들의
어지러운 발자국이 아니라
걸어서 삼십 년 후에 도착할 장소가
여기라는 것뿐. 겨우 아프냐고 물으면
나는 미치겠다고 대답하는 그가
던져놓고 간 깊고 검은 눈동자 주변에
내 얼굴은 모여 삽니다. 언젠가
걸어본 길에 찍힌 크고 검은 구덩이가

그저 얼룩이라는 걸 알았을 때의 표정이

여기 또 있어 하고 소리치는 사람의 표정이

건너편 창문에 수상하게 말라붙어서

아직 죽지는 않았더군요. 그 사람

어둡고 깊은 이쪽의 깊이가 난감하여

참 웃긴다는 표정을 지어 보이는데

한번은 걸어본 다리 위에서

그가 들려주는 얘기를 잊지 않고

다시 들려줄 생각입니다.

표면에는 물을 담고 그 물을 다 쏟아버려

내 눈에서 스티로폼 한 조각도 떠내려가지 않는 날

다리 밑에는 또 얼마나 많은 생선들이 죽어

떠오를까요? 이거라도 잡수세요.

갈매기들의 잔칫날입니다.

시집

작곡하듯이 쓸 것.

삼차원의 문제도 사차원의 문제도 아닐 것.

처음과 끝이 반드시 맞아떨어지는 지점이 존재하지 않을 것.

끝까지 듣게 할 것.

시간이 아닐 것.

어떻게 잡아챌 것인가. 그 종이의 다른 차원을.

그 노래를 처음 들어본 사람처럼 음악을 대할 것.

소리 나는 대로 작곡하는 버릇을 버릴 것.

어느 좌표에도 찍히지 않는 점이 불가능할 것.

반드시 찍힌다는 신념을 의심하지 말 것.

차원의 문제는 신념의 문제에서 비롯될 것.

그 새벽의 전혀 다른 도시를 보여줄 것.

어느 공간에서도 외롭지 않을 문장일 것.

어느 시간대를 횡단하더라도 비명은 아닐 것.

고함도 아닐 것. 그것은 확실히 음악일 것.

작곡하듯이 되풀이할 것.

음표를 지울 것.

그리고 쓸 것.

그것의 일부를 묶어 모조리 실패할 것.
한 푼의 세금도 생각하지 말 것.
오로지 쓸 것.
한 명의 과학자를 움직일 것.
백 명의 민중을 포기할 것.
그 이상도 가능할 것.
다른 문장일 것.

부록

詩도아닌것들이
―문장 생각

그 문장이 그 사람을 말한다, 말해준다는 사실.

한동안 탐색했던 불구의 문장들. 주어가 하나 더 있거나 술어가 엉뚱하게 달려 있거나 앞뒤가 안 맞는 문장들. 팔다리가 하나 더 있거나 머리가 둘이거나 아무튼 정상과는 거리가 먼 문장들.

물건으로 치면 불량품으로 취급받는 이 문장들에서 연민을 느끼고, 불량품이 물건이라면 문장이라 취급받지 못하는 이 문장들도 엄연히 하나의 문장이라는 생각. 비문에서 문장을 발견한다는 것. 불량품에서 물건을 발견한다는 것. 다르지 않다고 생각한다. 하물며 다른 문장들이야 오죽할까. 하물며 사람이야 말할 것도 없을 것이다. 온갖 불구의 신체를 거느리더라도 거기에는 사람이 있다는 생각. 문장이 있다는 생각.

문장 하나에 사람과 문장 하나에 습관과 문장 하나에 운명과 문장 하나에 세계가 다 녹아들 수 있다는 과욕, 혹은 환상. 불가능에 도전하는 것이 시라는 과욕, 혹은 환상. 그리하여 처음과 끝이 다른 인생 혹은 문장. 시작하자마자 죽는 인생 혹은 문장. 더럽게 목숨을 부지하는 인생 혹은 문장. 한마디로 딱 부러지는 문장 혹은 인생. 도대체가 정체를 알 수 없는 문장 혹은 남자.

남자에서 여자로, 여자에서 남자로 끊임없이 넘어가는 문장 혹은 세계. 그 자체로 세계인 문장. 이 모든 것들이 한 문장에 녹아들기보다는 문장마다에 스며들기를 연습하는 것. 그러면서도 말을 바꾸는 연습 혹은 문장. 인생이 초지일관한 문장은 그래서 드물 것이다. 아주.

문장에서 인생이 보인다면, 세계가 보인다면 나는 소설을 쓰는 것처럼 시를 쓰고 있는 것이다. 인물 하나가 하나의 문장을 점유할 때 하나의 문장에 기대어서 자신의 성격을 까발리고 곧장 숨어버리는, 다음 문장에서는 또 다른 사건이 터지기를 기다리는 오늘 밤이 세계가 아니고 무언가.

살아 있다가 죽었다로 불과 이십 분 만에 번복되는 것이 문장과 문장 사이의 틈바구니. 아니 한 문장 안의 긴밀함 속에서도 충분히 가능하다. 처음과 끝이 다르다는 것이 인생의 초지일관 아니냐.

아이였다가 어른이었다가 죽어가는 문장은 정상이다. 아이였다가 영원히 아이가 되는 문장도 정상이다. 처음부터 어른인 문장도, 죽어서 태어나는 문장도 어느새는 정상이다. 정상을 말한다는 것. 충분히 정상일 수 있는 것을 증명한다는 것. 그것이 곧 현실 아닌가. 백 년 전의 비현실이 지금의 현실 아닌가. (현실은 현대성을 집요하게 파고든다.)

너무 길어서 뱀의 꼬리를 잘라내는 문장이 그래서 다 아깝다. 너무 짧아서 무릎을 탁 치는 문장도 저 홀로 있지는 않다. 어디선가 그 문장의 이웃들이 우르르 달려와서 에워싸는 순간이 평론의 언어 아닌가.

평론으로 순화되기 전에, 아예 국적을 바꾸기 전에 그 문장들이 시로 살아남기를. 금기로부터 시작해서 금기를 배신하는 문장이기를. 내가 차마 쓰지 못하는 단어들이 무언가. 문장들이 어디 있는가. 분명히 내가 쓰고 우리들이 쓰고 있는데, 시에는 편입되지 못하는 이 무국적의 인간들이 곧 그의 문장이 될 것이다.

그가 비정상이라면 너도 비정상이다. 네가 비정상이라면 나도 비정상이다. 비정상이 어쩌면 나의 정상이다. 지극한 정상이다. 내치지 말기를.

詩도아닌것들이
―탱크 애벗의 이종격투기

사각의 링이든 팔각의 철조망 안이든 그것은 묘하게도 거리를 닮았다. 나의 눈은 그것을 구분하지 않는다. 애써 구분하지 못하는 나의 성격과 나의 외모와 무자비한 나의 펀치가 나의 링네임이다. 탱크 애벗. 누군가는 나를 스트리트 파이터라고 부르고 누군가는 나를 배드 보이라고 부를 것이다.

귀여운 배드 보이는 오늘도 싸운다. 어릴 때도 그랬고 자라서도 그랬고 지금은 옥타곤이라고 부르는 팔각의 철조망 안에서 싸운다. 반드시 피를 부른다. 나의 주먹이 그것을 피해갈 리 없다. 내 얼굴에 피가 묻었다면 상대의 주먹에도 피가 묻어 있다. 그러나 그건 드문 '사건'이다. 그의 안면이 석양으로 물들 때까지 나는 때린다. 때리고 또 뭉갠다. 어디선가, 갑자기, 말리는 사람이 나타난다.

레퍼리는 방관하는 거리의 구경꾼이 아니다. 끊임없이 싸움을 붙이고 말리고 간섭한다. 그는 우리 편이 아니다. 끊임없이 불러내는 건 우리지만, 우리의 소망과는 전혀 상관없는 지점에서 제 역할을 찾는다. 그는 누구의 편도 아니다. 그는 다만 귀찮은 존재다. 싸움이 시작되는 순간 나는 나의 상대를 때려눕혀야 하고 거리라면 충분히 가능하고 불가능하다면 내가 이미 졌을 때이다. 그사이 심판의 휘슬이 끼어든다. 옥타곤, 아니 팔각의 철조망 안은 그래서 답답하다. 나는 거기서 거리를 상상한다.

나는 잠시 이성을 잃는다. 좀더 이성을 잃기 위해 싸운다. 존재하는 것은 거리와 거리의 싸움꾼들로 충분하다. 나는 그중의 하나이고 너도 그중의 하나다. 감정은 필요 없다. 이성이 쓰레기통에서 충분히 빛나는 동안 감정은 이미 다른 형태의 주먹과 발놀림과 힘쓰기를 요구한다. 증오가 반드시 주먹으로 나가지는 않는다. 주먹은 전혀 다른 각도에서 나온다. 감정의 발산과 싸움의 기술이 적절히 어긋나고 맞아떨어지는 지점에 거리에서의 오랜 나의 경험이 있다. 그 이전에 인간의 본능이 있다.

동물의 본능과 식물의 본능과 아니, 모든 사물의 본능에는 그 자신의 영역이 있다. 그것들은 서로 섞이고 서로 배반

117

하며 등을 돌리면서도 교묘한 지점에서 같은 편이라는 것을 암암리에 일깨운다. 내가 있는 곳에 네가 있다면 그것은 사랑일까. 증오일까. 섞일 수 없다면 그것은 증오의 방식으로 타격을 가한다. 상처 입는 곳에 상대가 있는가 하면 나 또한 멀지 않은 곳에서 또 다른 타격을 즐겁게 받아들일 용의가 있다. 치고받고 싸우는 가운데 그것은 섞이거나 아주 멀리 결별한다. 어쩌면 사랑이 밟는 수순과 비슷하지 않은가.

나는 사랑을 모른다. 그 말은 증오도 같은 이유에서 모르거나 아직 없다는 말과 같다. 나는 증오를 증오한다. 그 말은 사랑을 사랑한다는 말만큼이나 허망하다. 나에게는 관념 대신에 분명한 상대가 있다. 상대에게는 내가 있다. 증오의 인자와 싸움의 인자와 달리 보면 사랑의 수순을 같이 밟는 내가 있다. 나는 존재하지만, 너로 인해서 싸운다. 내가 나서 자라고 배운 거리의 풍경은 이것이 전부다. 신과, 어쩌면 정치와, 어쩌면 예술과 모든 학문이, 작열하는 한낮의 쓰레기통에서 빛난다. 나는 그런 풍경을 배우지 못하고 말한다. 다른 사람의 입을 빌려서, 마치 다른 사람처럼 지껄인다.

　내가 거리에서 자라고 싸움을 익히는 동안 누군가는 골방에 박혀서 이 글을 쓴다. 나는 당분간 그의 말 놀림을 빌릴 것이다. 그는 나의 체중과 무자비한 주먹을 빌려서 옥타곤에 들어설 것이다. 그는 더러운 싸움에 익숙하다. 귀여운 나의 배드 보이는 어떤 격렬한 문체를 가지기 전에 지저분해질 것이다. 나는 그렇게 태어났다. 도시의 뒷골목이 늑대를 키운다면 그게 바로 나다.

　백삼십 킬로그램에 달하는 나의 몸에서 어떤 무술의 흔적이 보이는가. 무술martial arts이 하나의 아트라면 나는 그 아트를 거부한다. 내게는 그 모든 무술의 흔적이 불필요한 제식制式으로 다가온다. 제식은 상대를 제압하는 방식이 못된다. 그것은 단증을 지급받거나 뽐낼 때 유용하다. 거리에서는 통하지 않는다. 도무지 통할 틈을 주지 않고 시비는 붙고 싸움은 시작된다. 그들이 이 세계에 들어서려면, 거리와 다름없는 옥타곤의 세계에 들어서려면 한 가지 고집을 버려야 한다. 도장마다 강조하는 오랜 수련 따위는 불필요하다. 어느 한 가지 무술로는 턱없이 부족하다. 그 무술이 그들을 강하게 하고 때로는 더없이 무기력하게 만든다.

그 모든 수련의 경지를 나는 비웃는다. 내 미소가 거만해 보이는가. 경기장에 들어설 때도, 싸움이 끝나고 경기장 밖을 유유히 빠져나갈 때도 그 웃음을 잃지 않는다. 나는 거만하고 상대는 누워서 정신을 잃는다. 그는 유단자이거나 웬만한 종목에서 챔피언을 지낸 자다. 그의 이력은 한낱 링 아나운서의 소개에 불과하다.

십 년을 넘게 갈고닦은 그들의 무공이 삽시간에 막싸움에 허덕인다. 바닥을 뒹굴면서 그들은 전혀 새로운 세계를 경험한다. 이게 아니구나 싶을 때 그들은 피투성이 얼굴과 함께 누워 있다. 링 닥터가 올라오기 전에 그들은 좀더 '뒹굴어야' 한다. 내가 도장을 나가본 적이 없듯이 그들에게는 거리의 경험이 거의 없다. 그들이 들고 나온 유파는 그 자체로서 완벽하다. 벽 뒤에는 그러나 다른 세계가 존재한다.

그들의 무술이 어떤 것인가는 그들이 앞세운 유파의 이름에서 이미 드러난다. 강점과 약점이 동시에 드러난다. 그가 레슬러라면 그가 내미는 주먹은 펀치가 아니라 그냥 손일 때가 많다. 그가 유도 선수라면 그가 내미는 발은 킥이 아니라 그냥 다리에 불과하다. 그리고 그가 복싱이나 킥복싱 선수라면 코너에 몰려서 깔려본 적이 없을 것이다. 나는 깔아서 뭉갠다. 레슬러가 나의 중심을 무너뜨리기 위해 달려든다면 나의 주먹이 먼저 그의 안면을 찾아들 것이다. 그들은 곳곳에서 비어 있다. 반면에 나는 한쪽으로 꽉 차 있다. 개싸움이라고 불러도 좋고 막싸움이라고 불러도 좋다. 나는 때려서 눕히고 눕혀서 또 때린다. 마치 해머를 내리찍듯이.

해머와도 같은 내 주먹을 피해간 자들이 있다. 피하기 전에 나를 먼저 제압한 자들이 있다. 나는 그들의 가치를 인정한다. 그들도 무술을 익혔지만, 그들은 어느 하나만을 고집하지 않는다. 동시에 다른 하나를 고집한다. 그들이 고집하는 것은 이기기 위한 무술이다. 거기에는 여러 유파가 섞여든다. 이기기 위해서 그들은 한 유파의 순결성을 버린다. 한 종족이 다른 종족과 섞이듯이, 섞여서 전혀 다른 우성을 발견하고 진화해가듯이 모든 유파의 정점에는 잡종으로 똘똘 뭉친 또 다른 유파가 존재한다. 잡종에서 잡종으로 이어지는 진화의 긴 행렬에서 순종의 순간은 단지 순간일 뿐이다. 그들은 살아남기 위해서 섞인다. 생물들이 걸어온 길을 파이터라고 해서 마다할 이유가 없다. 그들은 이기기 위해서 다른 몸과 몸 쓰기를 배운다. 레슬링은 킥복싱과 섞이고 유술은 유도로부터 갈라져 나와 또 다른 무술과 섞인다.

무술과 무술이 몸을 섞을 때 사람들은 흥분한다. 옥타곤 밖에서 그들은 열광하고 또 환호한다. TV를 통해서 그들은 밤을 새운다. 한쪽에서 꽃미남이 세간의 시선을 사로잡는 동안 다른 한쪽에선 육체와 육체의 충돌이 사람들의 넋을 빼놓는다. 무언가 우리가 잊고 있었던 것을 자꾸 끄집어낸다. 그것은 어떤 기묘한 자세로 나타난다. 빤스만 걸친 맨몸이 다른 맨몸을 덮쳐서 누를 때 아래쪽에선 기를 쓰고 양다리를 상대방 허리에 감는다. 두 손은 등을 감싸고 풀지 않는다. 그것은 완벽한 방어 자세지만, 위쪽에선 끊임없이 아래쪽을 파고든다. 규칙이 거의 없는 격투 경기에서 가장 흔하게 발견되는 장면이다. 그 자세를 또 어디서 발견할 수 있는가. 바로 침실이다. 가장 은밀한 침실의 한 장면이 가장 적나라한 격투의 현장에서 재현되고 반복된다.

　내 몸이 싸움하는 기계와 같다면 섹스 심벌은 섹스 머신과 얼마나 다른가. 그들은 때로 같은 자세를 취하지 않는가. 싸울 때도, 둘이 엉겨 붙어 타액을 주고받을 때도 그들은 똑같이 땀을 흘리고 몸을 붙이고 떨어지지 않는다. 싸워서 이기든가 달라붙어서 몸을 탐닉하든가 그들은 둘 중 어느 하나를 요구한다. 끊임없이 갈구한다. 거의 같은 자세로 그러나 전혀 다른 이름으로 욕망하고 갈취한다. 한 손에 무자비한 폭력이 있다면 한 손에는 엄연히 쾌락이 있다. 그 사이에 마지막으로 몸값이 있다.

　거리에서 내가 싸움을 익히는 동안 누군가는 거리에서 몸을 팔고 돈을 번다. 내가 싸워서 돈을 버는 동안 누군가는 그 돈으로 전쟁을 일으킨다. 모든 것이 합법이다. 돈이 있는 곳에 내가 모이고 나의 파이터들이 기를 쓰고 달려들고 관중들은 열광한다. 그 또한 합법이다. 모든 것의 본능을 다 합하여 자본의 힘이 있다. 그것은 때로 사물의 본능까지 좌우한다. 구름은 구름 뜻대로 움직이지 않는다. 소행성은 소행성 뜻대로 궤도를 바꿀 수 없다. 그것은 언제나 지구를 비껴간다. 내가 내 뜻대로 싸울 수 없듯이. 때가 되면 비가 내리고 때가 되면 누군가의 수순에 따라 이 글도 끝날 것이다. 탱크 애벗의 더러운 글쓰기도 이것으로 끝이다. 그 주먹은, 빗나갔다.

문장의 중력

박혜진

(문학평론가)

1. 비문록非文錄

김언의 문장에는 국적이 없다. 존재 증명을 위한 어떤 증명서도 발급되지 않는 이 "아닌" 말들의 세계는 "금기로부터 시작해서 금기를 배신하는 문장"(「詩도아닌것들이―문장 생각」) 위에 축조된 현실과 정상의 불모지다. 현실성과 정상성의 이름으로 형성된 개념은 거주 자격을 획득할 수 없는 배타적 땅이자 자격 없는 존재만 입장할 수 있고 '부적격 문장'만 머무를 수 있는 비체와 비문의 영토. 김언의 문장을 독해하기 위해 우리는 가장 먼저 현실의 반영물, 현실에 대한 결과물, 이른바 현실의 그림자로부터 '문장'을 떼어놓아야 한다. 문장의 현실도 아니고 현실의 문장도 아니다. 문장이 현실이며 문장이라는 현실을 읽어낼 태도만이 이곳에서 유효

한 준비다. 타자의 승인을 필요로 하지 않는 태생적 독립국으로서의 김언을 읽는다는 것은 문장을 인간으로부터 격리시키는 비인간적 사태가 아닐 수 없다. 인간의 문장을 넘어선 곳에서 얻을 수 있는 문장 본연의 결정체란 무엇일까. 인간의 것이 아닌 문장을 경유하여 도달할 수 있는 곳은 어디일까. 현실에 앞서 있으며 현실에 우선하는 그의 문장이 증거하는바, 우리는 김언을 일컬어 '언어 근본주의자'라 부를 수도 있을 것이다.

언어 근본주의자로서 그의 문장은 현실 논리를 반영하는 무수한 화용론적 기능들과 거리 두기 한다. 김언이 만드는 "불구의 문장들"은 일상적 기능을 수행하는 데 관심이 없다. "주어가 하나 더 있거나 술어가 엉뚱하게 달려 있거나 앞뒤가 안 맞는 문장들"은 일상과 맺는 모종의 유착과 동떨어진 곳에서 작동하는 비일상적 사태들이다. "팔다리가 하나 더 있거나 머리가 둘이거나 아무튼 정상과는 거리가 먼 문장들"은 소통의 대상이라기보다는 소통의 오류를 유발하기 위한 일탈적 목적을 수행하기 위해 탄생했다고 보는 편이 타당하다. 이들의 역할은 당연히 언어의 본질에 대한 생각을 부르는 메타적 언어로서의 기능일 테다. 그러나 이때의 비문은 문장을 거부하기 위해, 혹은 문장을 부정하기 위해 존재하는 안티테제로서의 도구가 아니다. 오히려 "문장이라 취급받지 못하는 이 문장들도 엄연히 하나의 문장이라는 생각"으로 만들어진 불구의 시들은 "비문에서 문장을 발견"(「詩도아닌것들이―문장 생각」)하기 위한 방법론으로 작용한다. 문장에 대한, 문장을 향한 강렬한 의지의 표현으로서 김언의 시는 비문을 통해 현실과 언어가 맺고 있던 낡은 관계를 찢고 그 사이로 들어간다. 틈새에는 주인이 없다. 김언의 문장에 국적이 없는 이유다.

틈새는 허락받지 못한 존재들의 거주지다. 김언의 시를 읽는 동안 우리는 언어 근본주의의 세계에 불시착한 언어 난민이 된다. 이해할 수 없는 비문들만이 우리에게 주어진 사건 현장이며 뒤틀린 배치와 난데없는 연결은 훼손된 언어에 남겨진 유일한 물증이다. 만들어진 비문 속에서 숨겨진 문장을 찾기 위해 감행되는 지적 모험은 새로운 언어를 얻기 위한 진화의 방향이자 낡은 언어를 버리기 위한 방향의 진화다. 김언의 시를 읽는 시간 동안 독자들은 애쓰지 않아도 탐정이 된다. 독자를 언어의 탐정으로 만들어 의심하고 취조하고 심문하게 만드는 것이 시인의 일이라면 김언은 누구보다 더 혹독한 시인이며 김언이야말로 하나의 언어를 중단시키고 다른 언어를 출발시키는 예외적 존재로서의 시인이라 할 수 있을 것이다. 따라서 일상성을 수행하는 문장들이 훼손된 채 '사체'로 발견되는 숱한 사건의 현장을 자처하는 그의 시를 읽는다는 것은 죽음을 맞이한 문장들 안에서 여전히 살아 숨쉬는 문장을 수색하는 행위에 비유될 만하다. 탐정의 시간은 이내 발굴자의 시간으로 변모한다.

『숨쉬는 무덤』이 침묵의 이미지로 가득한, 불가능한 언어의 가능성을 탐색하며 전례 없는 방향의 길을 택한 데뷔작이었다면 두번째 시집 『거인』은 무덤 안에서 여전히 호흡하고 있는 언어를 발굴하고 있는 작품이다. 2005년 처음 출간된 이 시집은 화려한 데뷔작의 후속작인 동시에 2008년 출간되어 그의 대표작으로 불릴 시집 『소설을 쓰자』의 전작이기도 하다. 거듭 복간되며 현재적 가치를 증명해 보이고 있는 『거인』은 장차 김언의 시 세계가 보여줄 길고 긴 비문록의 본격적 서막이다. 『숨쉬는 무덤』이 안 보이고 안 들리는 감각을 통해 말하지 않음으로써 말할 수 있는 언어의 가능성을 발견했다면 『소설을 쓰자』에 등장하는 언어는 현실을 나타나게 하는 실질적 힘을 보여준다. 「감옥」은 대표적이면서도 상징적인 시다. "내가 덥다고 말하자 그는 문을 열었다/내가 춥다고 말하자 그는 문을 꼭꼭 닫았다/내가 감옥이라고 말하자 그는 꼼짝 말고 서 있었다." 언어가 스스로 움직이기 시작하는 세번째 시집의 출현에 앞서 출간된 『거인』의 시편들은 현실을 부재에 부친다. 현실이 사라진 자리에 등장한 건 낯선 비문의 행렬이다.

2. 비문의 능력

김언의 시를 읽을 때 우리에게 필요한 건 현실 인식이 아니라 문장 인식이다. 현실 감각이 떨어지는 사람에게 현실

인식을 강조하는 것처럼 문장 감각이 떨어지는 사람에게 문장 인식을 강조할 수 있다. 문장 인식이란 다시 말해 문장의 내적 논리와 실질적 의미를 파악하는 것이며 요컨대 문장의 존재를 알아차리는 것이다. "조금 있으면 눈이 내린다 이 문장은 어긋날 가능성이 매우 높다"는 『숨쉬는 무덤』에 수록된 시 「밤에 오는 사람」의 마지막 문장이다. 모두 3개 연으로 구성된 이 시는 각 연이 모두 같은 문장으로 시작된다. "조금 있으면 눈이 내린다"는 문장이 그것이다. 미래의 기상에 대한 예견에 이어질 내용이라면 '문장이 어긋날 가능성'이 아니라 '날씨가 어긋날 가능성'이 오는 것이 자연스럽다 할 것이다. 그럴 때 이 문장에는 의심이 들어설 여지가 없다. 그러나 '날씨' 대신 "문장"이라고 말함으로써 "조금 있으면 눈이 내린다"는 문장은 현실과 뒤섞이지 않는 비현실적 차원이 된다. 현실과 구분되는 문장으로서의 현실이자 문장이라는 현실이 된다.

하나의 문장은 하나의 현실이다. 이 말은 현실을 표현하는 수단으로서의 문장을 부정한다. 현실을 표현하기 위해 문장이 있는 것이 아니라 문장을 실현하기 위해 현실이 나타나기 때문이다. 따라서 하나의 문장이 하나의 현실이라는 말은 현실이라는 개념 역시 부정하는데, 이때 나타나는 현실은 경험적 층위에서의 현실이 아닌 사유의 결과, 혹은 과정으로서의 현실을 말한다. 김언의 시에 대해서라면 우리는 가장 먼저 이렇게 말할 수 있을 것이다. 문장이 현실에 앞선다. 경험이라는 보편 앞에 언어라는 실존을 배치하는 언어적 실존주의자로서 김언의 시는 이해하는 시가 아니라 존재하는 시다. 존재함으로써 발생하는 사건들은 그의 시에 참여하는 독자들을 현실 검증의 증언대로 소환한다. 현실의 논리와 구분되는 문장 내 현실들이 심판을 기다린다. 그러나 무엇으로부터의 심판인가. 김언의 시가 추구하는 문장과 현실의 관계를 환기하기에 「유령」은 적절한 시작이 되어줄 것 같다. 신체를 가지지 않은 유령은 경험을 필요로 하지 않는 현실이다. 문장의 차원에서 작동되는 현실의 양상은 다음과 같다.

미안하지만 유령은 짜 맞춘 듯이 찾아온다.
온몸이 각본으로 만들어진 사람 같다.
그가 어디를 가든 예정에 없던
장소가 나타난다. 어디서 보았더라?
나는 내 뜻대로 움직이는 실오라기
하나를 주워서 후, 불었다.
발자국이 멀리 걸어서 갔다.
마치 냄새가 퍼지듯이
내 몸에 꼭 맞는 연기를 따라서 갔다.
엉킨 털실이 옷을 만들어놓고 기다렸다.
주인을 기다리는 장소에
이제 그가 들어간다.

　　　　　　　　　　　　　　　　　—「유령」 전문

현실이 나타나는 것이라면 실현은 수행하는 것이다. 유령은 거기 있는 현실이 아니라 이곳으로 불러내는 실현이다. 유령은 "각본으로 만들어진 사람"으로서, 그가 가는 곳마다 "장소가 나타난다". 있는 장소에 출현하는 것이 아니라 그가 가는 곳마다 장소가 생겨난다. 각본으로 만들어진 사람이란 문장으로 만들어진 사람이며 눈에 보이지 않는 존재로서의 유령을 이루는 각본은 모두가 읽을 수 있는 문장이 아니라 한 사람만 읽을 수 있는 비문이겠다. 따라서 주인이 들어오기를 기다리는 장소는 만들어진 비문이고 만들어진 비문으로서의 장소는 모두에게 열려 있지 않다. 모두를 향해 열려 있지만 누구나 들어갈 수는 없는 세계. 문장이라는 현실과 비문이라는 비현실 사이에는 어긋남이 있다. 어긋남으로 표현되는 비문의 가능성이란 읽지 않을 것을 쓰고 쓰지 않은 것을 읽는 자유이기도 한바, 쓰는 것과 읽는 것 사이에 발생하는 어긋남은 김언의 시에 있어 예외적 상황이 아니라 필연적 결과이다. 어긋남이야말로 비문의 가능성을 탐색하는 김언 시의 핵심이라고 할 수 있다.

에즈라 파운드는 예술가를 보통의 지리적 관념 속에 살지 않는 사람들이라고 표현했다. 그는 "모든 예술가에게 전적으로 광대한 나라는 곧 자기 자신"이라고 말했는데, 그들이 그들의 언어를 모국어로 하는 나라의 주인이기 때문이다. 시인은 자신이 만든 문장의 시민이며 오직 그곳의 시민이다. 김언식으로 표현하자면 이렇게도 말할 수 있을 것이다. "저 개와 이 개가 얼마큼 붙어 있어야 한 몸일까?" 문장과 현실이라는 두 개의 사건은 붙어 있지 않다. 붙어 있지 않은 두 개의 사건은 얼마나 붙어 있어야 일치를 이룰까? 「두 개의 사건」(『숨쉬는 무덤』)에서는 나머지가 모두 개를 쫓아갈 때 여기 있는 "한 사람"이 그의 시이며 수행의 주체라고 말하는 것 같다. 모두 개를 쫓아가는 것이 현실이라면 남아 있는 한 사람은 문장이다. 현실과 문장 사이의 거리는 어긋남에서 나아가 완전한 결별을 확정한다. 저 개와 이 개가 서로 다른 개라면 아무리 가까이에 붙어 있어도 하나의 몸이 될 수 없듯이 문장과 현실이 별개의 존재일 때 그 둘은 아무리 가까워도 한 몸일 수 없다. 현실을 담은 문장은 존재할 수 없고 현실로서의 문장 역시 그러하다. 그 사이에 틈이 있고, 김언의 시는 그 틈에서 새로운 문장을 발견한다. 비문이다. 그렇다면 반대의 질문도 가능하지 않을까. 저 개와 이 개는 얼마큼 떨어져도 여전히 한 몸일 수 있을까. 문장에 대한 질문은 이제 비문에 대한 질문으로 전환된다.

3. 문장의 치사량

비문에 이르기 위해 필요한 문장의 치사량은 얼마만큼일까. 앞서 살펴본 바와 같이 비문이 드러나는 방식은 낯선 배치를 통한 훼손된 문장이 직접 그 모습을 드러내는 것일 수도 있지만 이어서 살펴볼 내용과 같이 비유를 통한 은유적 방식일 수도 있다. 『거인』에는 모호한 경계를 존재의 형식으로 삼고 있는 이미지들이 거듭해서 등장한다. 거품, 신기루, 연기, 먼지, 공기처럼 형태가 고정되어 있지 않거나 실체가 불분명한 물질의 상태가 시상의 주요한 모티프로 사용된다. 거품은 확실히 문장이 되기를 거부하는 비문을 닮았다. 공기가 들어가 본래의 상태보다 부풀어 보이게 하는 거품은 시간이 지나면 사라짐으로써 실재하지만 전체를 측정하는 데 제외되는 불완전하고 잠재적인 상태이기 때문이다. 읽을 수 없는 문장처럼 액체에 기체가 포함된 상태로서의 거품이 존재하는 시간은 오직 거품 자신이 결정한다. 거품은 파악되기를 거부한다.

「거품인간」에서 화자는 공포 때문에 "잘게 부수어진" 한 인간을 바라본다. "한 번에 일곱 가지 표정을 짓고 웃는" 그와 함께 시에는 또 한 사람이 등장한다. 그는 "밖에서는 시끄럽고 안에서도 잠잠한 소란을" "듣고 있다". 화자가 말하길 "그는 전혀 다른 공간이다". 전혀 다른 공간에 있는 것이 아니라 전혀 다른 공간이라 서술함으로써 그와 그의 존재는 묘연해진다. 사람과 공간이 구분되지 않아서다. 한편 밖에서도 시끄럽고 안에서도 시끄러운 것이 아니라 밖에서도 시끄럽고 안에서도 잠잠하다고 말함으로써 '시끄럽다'는 술어와 '잠잠하다'는 술어는 동일한 의미를 갖게 된다. 완벽한 비문이다. 시끄러운 동시에 잠잠한 "전혀 다른 공간"의 탄생. 시끄러

운 동시에 잠잠한 공간에 있는 두 사람은 모두 "괴롭게 서 있
다". 그리고 "공기가 그를 껴안을 것이다". 거품인간은 공기
가 껴안을 수 있고 공기만이 껴안을 수 있는 존재다. 거품이
부풀어 오르며 경계를 무화시킨다. 경계가 사라지며 안과 밖
이 구분되지 않는다. 시끄러운 공간과 잠잠한 공간이 공기의
품속으로 들어간다. 안과 밖이 구분되지 않고 시끄러움과 잠
잠함이 구분되지 않는다.

「폭발」에서 "그것"은 "국경 근처에 있거나/눈앞에 있다".
국경 근처는 일상적 언어로 규정할 수 있는 가장 먼 곳이고
눈앞은 반대로 가장 가까운 곳이다. "연결하는 순간,/폭발하
는" 그것은 역시 "국경 근처에 있거나/숨어 있다". 국경 근처
에 있거나 눈앞에 있거나 숨어 있다는 것은 연결될 수 없는
개념들이다. 따라서 연결은 폭발을 가져온다. 연결은 문장
의 다른 이름이고 폭발은 비문의 다른 이름이다. 「신기루」는
수많은 목소리가 "덩치를 알 수 없는 소문을 만들어"내는 사
이 "겨우 하나의 주장을 완성하고 입을 다"무는 연기를 신기
루에 비유하는 시다. 한숨이 연기가 되고, 손목이 곧 연기로
변할 예정이며, "수백만 개의 심장에서 동시에 불이 켜질 때"
연기가 완성된다. 문장을 구성하는 것들이 덩치를 알 수 없
는 소문이라면 비문을 구성하는 것은 실체가 있으나 가변적
인 연기다. 다가가면 사라지고 마는 신기루처럼 있는 듯 없
고 없는 듯 있는 존재. 비문은 입을 닫고 말한다. 말하는 순
간 침묵한다. 사라진 것들, 인식할 수 없는 것들은 '비문의

형식'으로 다시 감각된다. 「한 사발의 손」은 사라진 것을 인식하는 감각의 귀로를 그린다.

> 사발이 있던 장소는 사발이 너무 커서 기억할 수 없다. 사발이 있던 장소는 사발이 있던 시간과 묘하게 겹쳐져서 지극히 짧은 순간 사발의 윤곽만 보여주고 사라질 것이다. 기록이 가능하다면 웅성웅성 남아 떠도는 한 사발의 감촉을 그 사발을 받쳐 들던 손으로 아주 잠깐 불러낼 수 있다. 매끄러웠을까 아니면 울퉁불퉁했을까 따져보는 한 사람의 손이 기억하는 사발. 그 사발의 한순간을 들어 올리는 손이 몹시도 무겁다.
>
> ──「한 사발의 손」 부분

인간의 기억은 시간과 공간으로 짜인 그물에 포획된 사건이다. 그런데 시간과 공간이 겹쳐지며 한순간의 윤곽만을 보여주고 사라지는 사발을 기억할 수 없는 화자는 사발을 들었던 손의 감촉으로 그것을 불러낼 수 있다고 말한다. 시간과 공간이 교직하며 만들어낸 사유의 그물이 아니라 손으로, 즉 촉감으로 기억하는 사발은 손만큼의 사발이 되어 "너무 커서 기억할 수 없"는 사발과 대조를 이룬다. 문장이 현실이고 비문이 비현실일 때, 비문을 인식하는 방식은 이렇듯 육체적이다. 모두의 현실이 누구의 현실도 아닌 데에 반해 육감으로 파악되는 비현실은 나만의 실체적 현실이다. 모두의 문장은 실체가 없지만 나만의 비문은 실체가 있다. "그리고 나는 사발을 보지 못했다"로 이어지며 손바닥으로 남아 있는 "사발"
은 "지극히 돌에 가까운 형태로. 때로는 그 촉감으로" 기억된
다. "한 사발의 손"이라는 제목에서 알 수 있듯 가늠할 수 없
는 사발은 측정할 수 있는 단위로서의 손이자 감각할 수 있
는 매개로서의 손이 된다.

4. 다른 현실

　이제 시집의 표제작인 「거인」을 읽을 차례다. 거인은 기록
을 시작하는 사람이다. 거인은 "산맥보다는 가늘고 하천보
다는 진한 글씨로 푸른 나무 사라진 그 숲을" 기록하는가 하
면 짐승들의 이름도 기록한다. 거인이 기록하는 것들 중에는
"낯익은 이름도 섞여 있다". "부를 때마다 달라지는 이름, 이
를테면 사람"이 그것이다. 그러나 거인은 기록한 다음 그들
을 소멸시킨다. "소멸하는 것이 우리들 거인의 임무"라는 문
장에 이르면 기록이 남기기 위한 행위가 아니라 소멸을 위한
전제 조건임이 드러난다. 거인은 누구인가. 아니 거인은 무
엇인가. 거인은 "손톱 밑에서도 끊임없이 자라는 그 손" 어쩌
면 "내 손을 쳐다보는 사람"이다. 거인은 기록을 시작하는 사
람인 동시에 기록을 지우는 사람이며 쓰고 지우기를 반복하
는 손의 행위를 바라보는 사람이다. 거인은 크기가 아니라
행위의 지속이고 이때의 행위는 남겨지는 행위가 아니라 지

위지는 행위에 속한다.

　　여러 사람이 모여 한 사람을 이루는 데는 몇 가지 치명적인
예외가 존재한다. 우선은 감시하는 사람이고 감시하는 사람을
감시하는 사람이 또 예외이고 반대하는 사람은 오히려 맨 마지
막에 속한다. 여러 사람이 모여 거인을 이루는 데는 기록하는
사람이 반드시 또 예외다. 그런 사람은 처음부터 거인이거나 아
니면 양심적인 불량배다. 그리고 우리는 불량을 싫어한다. 거인
이 되기 전에도 진화의 방향은 그러했다.

―「거인」 부분

비문은 불량이다. 물건이라면 그것은 취급될 수 없는 불량
품이다. 우리는 불량을 싫어하는 것과 마찬가지로 비문을 싫
어한다. 그러나 거인은 "양심적인 불량배"다. 김언의 시를 통
해 만나는 비문을 가리켜 우리는 그것이 양심적인 불량배라
고 말할 수 있는 몇 가지 단서들을 갖고 있다. 양심적인 불
량배에는 악의가 없다. 문장을 향한 악의가 없으므로 문장의
세계를 파괴하는 것이 아니라 다른 문장을 세운다. 다른 세
계를 만든다. "모조리 실패할"(「시집」) 시만 씀으로써 그는
기존의 세계를 죽이지 않고 다른 세계가 공존할 수 있는 거
인의 세계를 만든다. 진화의 방향이란 기존의 세계를 부정하
고 새로운 세계를 건축하는 것이 아니라 기존의 세계와 구분
되는 다른 세계, 즉 다른 세계라는 가능성을 만드는 것이다.

김언의 시는 문장의 의무를 다하지 않는다. "한 푼의 세금도 생각하지" 않는 그의 시는 시민으로서의 자격을 상실한 '부적격 시'이며 이로써 그의 언어가 국적 불명의 승인되지 않은 언어라는 사실이 다시 한번 확인된다. 그러나 "백 명의 민중을 포기"하고 쓴 시는 백 명의 이해로부터 자유로워진 탓에 "한 명의 과학자를 움직일" 수 있는 "다른 문장"(「시집」)이 될 수 있다. 하나의 문장은 하나의 현실이므로 다른 문장은 곧 다른 현실이다. 인간이 인식할 수 있는 시공간의 차원이 우주의 전부가 아닌 것처럼 다른 차원의 세계는 다른 차원의 문장을 통해서만 표현될 수 있다. 본능을 역행하는 비문 읽기는 다른 차원의 현실을 만나기 위해 필요한 유일한 "진화의 방향"이다.

중심으로 인간을 끌어당기는 지구의 중력처럼 문장에도 중심으로 끌어당기는 힘이 작용한다. 말하자면 문장의 중력이다. 익숙한 문장을 익숙하게 인식하도록 하는 모든 질서가 바로 문장의 중력이다. 그러나 실패하기 위해 쓰는 김언의 시는 중력이 작용하지 않는 무중력 상태로 배치된 낯선 문장이다. 배치는 인과적이지 않다. 인과적이지 않으므로 '자연스럽게' 연결되지 않는다. 연결되지 않는 것은 하나가 아닌 여러 개의 이야기로 증식한다. 시집을 열면 맨 처음 우리를 맞는 시 「키스」는 김언 문장의 무중력을 확인하는 데 적절한 마무리가 될 것 같다. "한없이 거추장스러운 이빨을 가지고 있"는 "나"는 "혀를 깨"문다. 혀를 깨물면 발음에 변화가 생긴다.

달라진 발음으로 소리 내는 문장은 하나의 사건이다. 혀와 이빨이 없는 입술은 "달다 쓰다 말이 없다". 말 없는 입으로 키스를 한다. 키스가 말을 품은 사랑의 행위라면 말 없는 입으로 하는 키스는 말을 버린 사랑의 행위다. 말을 버리고도 사랑할 수 있을까. 말을 버린 곳에서부터 『거인』은 시작한다.

1978년 출범하여 오늘까지 이어져온 '문학과지성 시인선'
이 독자들의 사랑과 문인들의 아낌 속에 한국 현대시의 폴리
스Polis를 이루게 된 사실은 문학과지성사에 내린 지복이기
도 하지만 동시에 한국 시를 즐겨 읽는 독자들에겐 '상리공생
相利共生'의 사안이기도 하다. 왜냐하면 한국 시의 수준과 다
양성을 동시에 측량할 수 있는 박물관의 역할을 이 시인선이
해줄 수 있기 때문이다. 요컨대 여기는 한국 시의 '레이나 소
피아Reina Sofia'이다. 시의 '뮤제오 프라도Museo Prado'가
보이지 않는 게 아쉽긴 하지만.

그러나 '문학과지성 시인선'이 현대시의 개성들을 다 모아
놓고 있다고 오연히 자부할 수는 없다. 시인선의 편집자들이
한국어의 자기장 내에서 발화하는 시의 빛점들을 포집하기

위하여 고감도 안테나를 드넓게도 촘촘히도 작동시켰다 하더라도, 유한자 인간의 "앨쓴"(정지용, 「바다」) 작업은 빈번히 누락과 착오로 인한 어두운 그늘들을 드리워놓기 십상이기 때문이다. 환상과 우연의 힘들은 완전하고자 하는 의지를 김빼는 한편, 우리의 울타리 바깥에서도 시의 자치구들이 사방에 산재해 저마다 저의 권역을 넓혀나가고 있다는 사실을 확인케 해 새삼 우리를 겸허한 반성 쪽으로 이끌고 간다.

모든 생명적 장소가 그러하듯이 시의 구역들 역시 활발한 대사 운동 끝에 팽창과 수축을 거듭하면서 크게 자라기도 하고 소멸되기도 한다. 때로는 구역의 진화와 시의 진화가 심히 어긋나는 때가 있으며, 그중 구역은 사용을 멈추었는데 시는 여전히 생생히 살아 있을 경우야말로 애달픈 인간사 그 자체가 아닐 수 없다. 외로 떨어진 시 덩어리는 우주선과 잡석들이 빗발치는 망망한 말의 우주에서 유랑자의 위상에 처하게 되고 갈 곳 모른 채 표류하다가 서서히 소실의 검은 구멍 속으로 빨려 들어가거나 완벽한 정적의 외진 구석에 유폐된 채로 그 자리에서 먼지로 화할 수도 있을 것이다.

실로 한국 현대시 100년을 경과하면서 역사의 무덤 속으로 들어가기를 거절하고 삶의 현장에 현존하고자 하는 의지를 내뿜는 시 뭉치들이 이곳저곳에서 출몰하는 횟수를 늘려가고 있었으니, 특히 20세기 후반기에 출판되었다가 다양한 사연으로 절판되었거나 출판사가 폐문함으로써 독자에게로 가는 통로를 차단당한 시집들의 사정이 그러하여, 이들이 벌겋

게 단 얼굴로 불현듯 우리 앞을 스쳐 지나갈 때마다 우리는 저 시 뭉치의 불행과 저들과 생이별하여 마음의 양식을 잃은 우리의 불운을 한꺼번에 안타까워하는 처지에 몰리게 된다.

그리하여 우리는 '문학과지성 시인선' 내부에 작은 여백을 열고 이 독립 행성들을 우리 항성계 안으로 모시고자 한다. 이는 '시인선'의 현 단계의 허전함을 메꾸기 위함이요, 돌연 지구와의 교신망을 상실한 시 뭉치에 제2의 터전을 제공하기 위함이요, 독자의 호시심好詩心에 모자람이 없도록 하고자 함이니, 이 삼중의 작업을 한꺼번에 이행함으로써 우리는 한국 시에 영원히 마르지 않을 생명 샘의 가는 한 줄기가 될 수 있기를 소망한다.

이 작업을 통해서 우리는 옛것의 귀환이라는 사건을 때마다 일으킬 터인데, 이 특별한 사건들은 부족을 메꾸는 부정 – 보충적 행위를 넘어 새로운 시의 미각적 지대, 아니 더 나아가 새로운 정신적 지평을 여는 발견적 행동이 되고야 말리라는 것을 확신하는 바이다. 우리가 특별히 모실 이 시집들의 숨겨진 비밀이 워낙 많다는 뜻을 이 말은 품고 있거니와, 진정 이 시집들은 처음 세상에 모습을 드러내었던 당시 독자를 충격했던 새로움을 보존할 뿐만 아니라 같은 강도의 미지의 새 새로움의 애채를 옛 새로움의 나무 위에 돋아나게 해줄 것이 틀림없다. 그리하여 독자는 시오랑E. M. Cioran이 언젠가 말했듯 "회상과 예감réminiscence et pressentiment이 반대 방향으로 멀어지기는커녕, 하나로 합류하는"(「생 – 종 페르

스Saint-John Perse」, 『예찬 실습*Exercises d'admiration*』 in 〈저작집*Œuvres*〉, Pleiade/Gallimard, 2011) 희귀한 체험을 생생히 누리리라 짐작하거니와, 이 말의 주인이 그 체험의 발생 주체로 예거한 시인을 가리켜 "모든 시간대에서 동시대인으로 존재하는 사람un contemporain intemporel"이라고 말했던 것과 마찬가지로, 이 체험의 신비함이야말로 모든 시간대에서 최고의 신선도로 독자를 흥분케 할 것이다.

그렇긴 하지만 우리는 이 재생의 사건들을 특별히 꾸리는 별도의 총서는 자제하였다. 그보단 우리의 익숙한 도시인 '문학과지성 시인선' 안에 포함시키고자 하는데, 우리의 '시인선' 자체가 늘 그런 신비한 체험을 독자들에게 제공해주기를 기대하기 때문이다. 다만 아주 시치미를 떼어서 독자를 정보의 결핍 속에 방치하는 우를 범할 수는 없는 연유로, 처음부터 시작하는 번호에 기호 R을 멜빵처럼 감춰서, 돌아온 시집임을 표지하고자 한다. R은 직접적으로는 복간reissue의 뜻을 가리키겠지만 방금의 진술에 기대면 이 귀환은 곧 신생과 다름이 없어서, 반복répétition이 곧 부활résurrection이라는 뜻을 함축할 뿐 아니라 더 과감히 반복만이 부활을 가능케 한다는 주장까지 포함할 수 있을 것인데, 그 주장이 우리 일상의 천편일률적이고 지루하고 데데한 반복을 돌연 최초 생의 거듭남으로 변신시키는 마법의 수행을 독자들에게 부추길 것을 어림한다면, 그것은 아무리 되풀이 강조되어도 지나치지 않을 것이다. 더욱이나 어느 현대 시인은 "R이 없어서,

죽음은 말 속에서 숨 막혀 죽는다*Privé d'R, la mort meurt d'asphyxie dans le mot*"(에드몽 자베스Edmond Jabès, 『엘, 혹은 최후의 책*El, ou le dernière livre*』, 1973)는 촌철로 언어의 생살을 도려내었으니, R을 통해서만 언어는 존재의 장식이기를 그치고 죽음조차 삶의 운동으로 되살리는 것이다.

그러니 '문학과지성 시인선'의 새로운 R의 행렬 속에서 우리가 독자들에게 바라는 것은 이 한 글자의 연장이 무엇이든 그 안에 숨어 있는 한결같은 동작은 저 시인이 암시하듯 숨통 터주는 일임을 상기해달라는 것이다. 이 혀를 안으로 마는 짧은 호흡은 곧이어 제 글자의 줄이 초롱처럼 매달고 있는 시집으로 이목을 돌리게 해, 낱낱의 꽃잎처럼 하늘거리는 쪽들을 흔들어 즐겁고도 신기한 언어의 화성이 울리는 광경을 마침내 목격하고 청취하는 데까지 당신을 이끌고 갈 수 있을 터이니, 그때쯤이면 이 되살아난 시집의 고유한 개성적 울림이 시집에 본래 내재된 에너지의 분출이면서 동시에 그것을 그렇게 수용하고자 한 독자 자신의 역동적 상상력의 작동임을 제 몸의 체험으로 느끼게 되리라.